詩經演

木心作品集

1990年於紐約

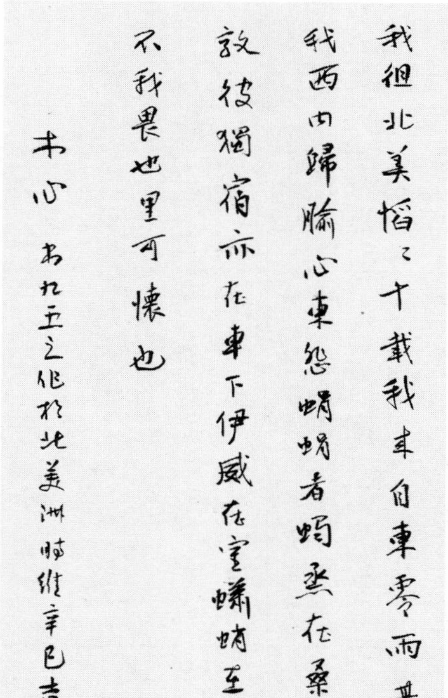
我徂北美慆慆十載我來自東零雨其濛
我西内歸腧心東怨蜎蜎者蠋烝在桑野
敦彼獨宿亦在車下伊威在室蠨蛸在戶
不我畏也里可懷也
本心 西九五之作於北美洲時維辛巳吉旦

手跡

編輯弁言

木心的文章總是空襲式的，上世紀八〇年代他的《瓊美卡隨想錄》、《溫莎墓園》、《即興判斷》……曾那樣空襲過台灣不同世代即使最挑剔的讀者。一如葉公好龍，神龍驟臨，讓我們驚駭、感激、困惑、羞慚……像舉手遮眉抬頭望向天際，這些穿透二十世紀的文明劫滅或藝術心靈墮壞的灰色長空，如自在飛花，卻又如旋風如光燄爆炸的詩句，究竟從何而來？

他像是來自遙遠古代的墜落神祇——在某個意義上說，木心的那個世界，那個精緻的、熠熠為光的、愛智的、澹泊卻又為美為精神性叩問而騷亂的世界，在他展開他那淡泊、旖旎的文字卷軸時，早已崩毀覆滅，「世界早已精緻得只等毀滅」——他像一個孤證，像空谷跫音，像一個「原本該如是美麗的文明」之人質。有時悲哀沉思，有時誠懇發脾氣；有時嘿笑如惡童，有時演奏起那絕美故事，銷魂忘我；有時險峻刻誚，有時傷懷綿綿。

我們閱讀木心，他的散文、小說、詩、俳句、札記，如織如梭，難免被他那不可思議廣闊的心靈幅展而顫慄。我們為其全景自由的洞見而激動而豔羨，為其風骨儀態而拜倒而自愧。他是結結實實的懷疑主義者；他博學狡猾如狐狸，冷眼人世，似與老莊、希臘賢哲、魏晉文士、蒙田、尼采、龐德、波赫士……在一穿過人類文明曠野的馬車，蹦跳恣笑、噴煙吐霧；卻又古典柔慈在童年庭園中，以他超前二十世紀之新，將那裏脅著悠緩人情，戰爭離亂，文明劫毀之前的長夜，某些哲人如檻中困獸負手蹉室，卻一臉煥然的光景，像煙火燒燎成一個個花團錦簇的夢。

此次印刻出版社推出之「木心作品集」，是目前為止海峽兩岸木心文集最完整之版本，其中《詩經演》一部，應可一慰讀者渴慕之情。哲人已逝，這整套「木心作品集」的面世，對我們，或如漫遊一整座諸神棲止的嚥語森林，一部二十世紀心靈文明墮敗與掙跳，全景幻燈，摺藏隱喻於他翩翩詩句中的整齣《紅樓夢》。

目錄

外篇

同袍[1]

與子同袍
與子同裳
與子同澤
與子偕作[2]
坎其擊鼓
坎其擊缶[3]
泌丘之道

---

1 見〈秦風・無衣〉等。

2 袍，長袍。《通釋》：「包於外而長者為袍，衣於內而短者而為澤。」裳，下衣。澤，通「襗」，裡衣。《集傳》：「以其親膚，近於垢澤，故謂之澤。」偕，皆，一起。

3 坎，擊鼓聲。缶（ㄈㄡˇ），盆。《正義》：「缶是瓦器，可以節樂，若今擊甌；又可盛水盛酒。」缶亦有以銅製者。

4 泌（ㄅㄧˋ）丘，丘下有水。無，不論。《集傳》：「言無時不出遊而鼓舞於

無冬無夏[4]
子之湯兮
洵有情兮[5]
泌丘之上
泌丘之下
握椒婆娑
泌之洋洋[6]

是也。」

5 湯，熱湯，意為遞上熱湯麵以暖身。一說通「蕩」。《鄭箋》：「遊蕩無所不為。」洵，確實。

6 握，量詞。椒，花椒，《正義》：「椒之實芬香。故以相遺也。」婆娑，翩然起舞。洋洋，水流貌。

鬱林[1]

入彼鬱林
言采其棻[2]
偕偕孌子
諱莫如深[3]
心事靡息
焱我膚膺[4]
溥天之下[5]

---

1 見〈小雅・北山〉等。鬱，林木積聚之貌。

2 言，句首語詞。棻，香木。陸雲〈贈鄭曼季詩〉：「馥矣回芳，綢繆中原。祁祁庶類，薄采其芬。棲遲泌丘，容與衡門。聲播東汜，響溢南雲。」

3 偕偕，強壯貌。孌，美好。諱莫如深，以其深重，則為之隱諱。〈穀梁傳・莊公三十二年〉：「諱莫如深，深則隱。苟有所見，莫如深也。」

4 靡，無。焱，火花，花焰。膚膺，服膺，心與膚

莫非樂土
嘉我未老
旅力富甫[6]
既房既皂
既堅既好[7]
湛樂津津
鞠育方苞[8]

互文。

5 溥，通「普」。

6 嘉，善也。《集傳》：「善我之未老而方壯，旅力可以經營四方耳。」旅，膂也。《通釋》：「膂、力一聲之轉，令人猶呼力為膂力。」富，滿也。甫，大也。

7 既，已經。房，方也，《鄭箋》：「謂孚甲始生未合時也。」皂，《毛傳》：「實未堅者曰皂。」堅，其實堅也。《通釋》：「堅謂莖堅。」

8 湛（ㄉㄢ）樂，享樂。津津，充溢貌。鞠，養。方，房也。苞，茂盛。〈大雅・行葦〉：「方苞方體，維葉泥泥。」

籊籊[1]

籊籊青竿
以釣于淇[2]
豈不爾思
思亦疢之[3]
厥木蒼蒼
厥水泱泱[4]
水木清華

---

1 見〈衛風・竹竿〉等。

2 籊籊（ㄊㄧˋ），長而尖。《毛傳》：「長而殺（纖小）也。」淇，水名，源出河南林縣，逕淇縣西北入衛河。

3 不爾思，即不思爾。爾，你。疢（ㄔㄣˋ），病。〈小雅・小弁〉：「心之憂矣，疢如疾首。」

4 厥，其。蒼蒼，盛也。泱泱，深廣貌。

5 水木清華，指物景秀美。謝混〈遊西池〉：「惠風蕩繁囿，白雲屯曾阿。景昃鳴禽集，水木湛清

勝彼琳瑯[5]
巧笑之瑳
佩玉之儺[6]
駕言同杯
瀉樂忘憂[7]
淇兮淇兮
木之永濟[8]

華。」琳琅，美玉。張衡〈南都賦〉：「琢琱狎獵，金銀琳琅。」

6 瑳（ㄘㄨㄛ），鮮白色。《集傳》：「笑而見齒，其色瑳然，猶所謂粲然皆笑也。」儺（ㄋㄨㄛˊ），婀娜。《毛傳》：「行有節度。」

7 駕，車套於馬。言，語詞，相當「而」。瀉，消除。

8 永，水流長。〈周南・漢廣〉：「江之永矣，不可方思。」濟，渡。〈邶風・匏有苦葉〉：「匏有苦葉，濟有深涉。」匏葉苦而渡處深。此處淇與木互文。

載芟[1]

載芟載柞[2]
其耕南澤
徂隰徂畛
侯強侯以[3]
驛驛其達
有喜其杰[4]
載獲濟濟

---

1 見〈周頌・載芟〉。

2 載芟（ㄕㄢ）載柞（ㄗㄜˊ），《毛傳》：「除草曰芟，除木曰柞。」載，乃，則。

3 徂（ㄘㄨˊ），往，去。隰（ㄒㄧˊ），新發田也。畛（ㄓㄣˇ），地畔之徑路。侯，語詞。強，強有力者。以，老弱者。

4 驛驛，通「繹繹」。《集傳》：「苗生貌。」達，生。《鄭箋》：「出地也。」杰，高出的禾苗。《鄭箋》：「先長者。」

5 載，從事於。獲，收割莊稼。濟濟，眾多。《傳疏》：「謂獲之眾，必依次而

有實其積[5]
有椒其竝
有泌其辛[6]
胡考之甯
以續天稟[7]
胡臭亶時
簇此居歆[8]

行，有均齊不絕之貌。」

積，露天積聚穀物。

6 泌，泉水涓流貌。辛，辛苦。蘇軾〈浪淘沙〉：「東君用意不辭辛，料想春光先到處，吹綻梅英。」

7 胡考之寧，壽者之福也。《毛傳》：「胡，壽也，成也。」天稟，天賦，天性。《藝文類聚》：「孝睦天稟，友愛冥深。」王安石〈答孫少述書〉：「其天稟疏介，與時不相值，生平所得，數人而已。」

8 胡臭（ㄒㄧㄡˋ），謂芳臭之大。亶時，誠善也。胡臭亶時，濃郁香味實在太美了。居歆（ㄒㄧㄣ），安然享用。

南有[1]

南有栩木
葛藟蓊之[2]
樂只君子
福履由之[3]
南有栩木
葛藟繚之
樂只君子

---

1 見〈周南・樛木〉。

2 栩，柞樹。葛藟（ㄌㄟˇ），兩種蔓生植物。《鄭箋》：「葛也，藟也，得纍而蔓之。」蓊，草木茂盛。范成大〈馬鞍驛飯罷縱步〉：「意行踏芳草，蕭艾蓊生香。」

3 樂只，和美，快樂。只，語詞。鄭澤〈短歌行〉：「香起增高華，雙情堪樂只。」福履，福祿。《通釋》：「履與祿雙聲，故履得訓祿。」由，依從。

4 繚，纏繞。〈楚辭・九歌〉：「芷葺兮荷屋，繚之兮杜衡。」

福履將之[4]
南有樛木
葛藟縈之
樂只君子
福履成之[5]
樛木葱葱
葛藟芃芃[6]

---

5 縈，回旋纏繞。成，成就。

6 葱葱，草木青翠茂盛。黃庭堅〈奉和文潛贈無咎〉：「庭柏郁葱葱，紅榴罅多子。」芃芃（ㄆㄥˊ），草茂木盛。《毛傳》：「芃芃然方盛長。」

佼人[1]

月出佼兮
佼人僚兮[2]
舒窈糾兮
佼人懰兮[3]
舒懮受兮
佼人燎兮[4]
舒夭紹兮

1見〈陳風・月出〉。
2佼，通「姣」，美好。僚，同「嫽」，好貌。
3舒，舉止舒緩。窈糾，姿態柔和。懰（ㄌㄧㄡˊ），美妙妖冶。
4懮受，舒遲之貌。燎，同「嫽」，嬌美而明耀。
5夭紹，體態綽約。悄，憂愁之貌。慅（ㄘㄠˇ），焦慮之貌。
6勞，深深擾動。懆（ㄘㄠˇ），憂鬱。佼人，美人。
7惇（ㄉㄨㄣ），敦厚。懋，勤勉。釋之叟叟、烝之浮

悄兮慅兮[5]
勞心懆兮
佼人入懷[6]
惇子之無知
釋之叟叟
懋子之無懼
烝之浮浮[7]

浮，言以水淘米嗖嗖有聲，燒水蒸飯熱氣騰騰。

貝錦[1]

緀緀斐斐
成此貝錦[2]
彼媚子者[3]
惠我大甚
哆哆侈侈
成是南箕[4]
彼媚子者

---

1 見〈小雅・巷伯〉等。

2 緀，同「萋」。緀緀斐斐，花紋錯雜。《毛傳》：「萋斐，文章相錯也。」貝錦，貝形花紋。《毛傳》：「貝錦，錦文也。」按：緀緀斐斐，疊字連文，字形有貝錦之紋美。

3 媚子，所親愛之人。

4 哆（ㄔㄜˇ）、侈（ㄔˇ），皆張大之貌。南箕，南方的箕星座，四星成梯，狀似簸箕。

5 逢合，逢迎。

6 緝緝，通「咠咠」（ㄑㄧˋ），

逢合如飢[5]
緝緝翩翩
中心旨甘[6]
彼媚子者
喓喝貪懽[7]
子兮子兮
耳屬于垣[8]

附耳私語。《毛傳》：「口舌聲。」翩翩，往來貌。旨甘，美味，甜美。《禮記・內則》：「味爽而朝，慈以旨甘。」潘岳〈閑居賦〉：「堇薺甘旨，蓼荾芬芳。」

7 喓喝，吆喝。

8 屬，附著。垣，牆。《鄭箋》：「人將有屬於垣而聽之者。」

黃鳥[1]

交交黃鳥
止于棘
止于桑
止于楚[2]
萬夫之特
既庭且碩[3]
彼蒼者天

---

1 見〈秦風・黃鳥〉等。

2 交交，通「咬咬」，鳥鳴。交交亦如雎鳩之關關，鳴雁之雝雝。棘，酸棗樹。楚，牡荊，落葉灌木。

3 特，傑出。既庭且碩，言百穀既生，直生且碩大。庭，直也。

4 湄，水邊。涘（ㄙˋ），水邊。沚（ㄓˇ），水中小陸地。

5 栩，櫟樹。謝靈運〈過白岸亭〉：「交交止栩黃，呦呦食蘋鹿。」

6 我百其身，謂我百其身

惠此良人
水之湄
水之涘
水之沚[4]
良人栩心[5]
我百其身
酺此良人[6]

而享之，百，動詞。酺（ㄆㄨˊ），聚飲。〈秦風・黃鳥〉：「彼蒼者天，殲我良人！如可贖兮，人百其身！」《毛傳》：「謂一身百死，猶為之惜。」此義取反。

子覆[1]

倉亦有阿
其貨儺儺[2]
晝見君子
眄作泛泛[3]
河亦有梁
其波洋洋
夕見君子

1見〈小雅・隰桑〉等。

2有，助詞。阿，屋簷。〈古詩十九首〉：「交疏結綺窗，阿閣三重階。」儺儺，盛貌。

3眄，斜視貌。鮑溶〈湘妃列女操〉：「目眄眄兮意蹉跎，魂騰騰兮驚秋波。」泛泛，漂浮貌。〈小雅・采菽〉：「泛泛楊舟，紼纚維之。」

4梁，橋也。云，語詞。

5衾裯（ㄔㄡˊ），厚薄兩種被子。《毛傳》：「衾，被也；裯，褌被也。」

袒裼（ㄊㄢˇ ㄒㄧˊ），赤

云何不暢[4]
樓亦有閣
衾裯如壡
袒裼君子[5]
如雲之覆
中心潦矣
遐及謂矣[6]

膊。覆，覆蓋，遮蔽。王安石〈禁直〉：「翠木交陰覆兩簷，夜天如水碧恬恬。」

6 潦，水流而聚。遐，何。謂，告。

七襄[1]

維南有箕
可以簸揚
維北有斗
可挹酒漿[2]
維南有箕
載翕其舌
維北有斗

---

1 見〈小雅‧大東〉等。

2 維南四句，言箕星在南而斗在北也。簸揚，揚米去糠。挹（ㄧˋ），酌也。

3 載翕（ㄒㄧˋ）其舌，箕星口大底小，狀如張口吸舌。翕，引。《傳疏》：「引舌內鄉似箕形。」載柄揭揭，北斗星之柄高舉。揭，高舉。

4 偃，同「仰」。

5 鞙鞙（ㄒㄩㄢ），佩玉的樣子。《集傳》：「長貌。」璲（ㄙㄨㄟˋ），瑞玉。不以其長，佩玉長垂而無以佩。

載柄揭揭[3]
或仰其酒
或偃其漿[4]
鞙鞙其璲
不以其長[5]
跂彼牛郎
終夕七襄[6]

---

6 跂（ㄑㄧˊ），分歧。《通釋》：「織女三星成三角，故言歧（跂）以狀之耳。」襄，移動位置。《鄭箋》：「襄，駕也。駕，謂更其肆也。從旦至莫七辰，辰一移，因謂之七襄。」跂彼二句，言牛郎星歷七時辰復見於昏。

覃耜[1]

以我覃耜
俶子南畝
播厥百穀[2]
其鎛斯趙
薅載荼蓼[3]
荼蓼朽止
黍稷茂止[4]

---

1 見〈周頌・良耜〉。

2 覃，通「剡」，利也。耜（ㄙˋ），似鍬的農具。俶（ㄔㄨˋ），始，以耜入地起土。

3 鎛（ㄅㄛˊ），田器，鋤類除草用具。趙，鋒利。薅（ㄏㄠ），鋤草。荼蓼（ㄊㄨˊ ㄌㄧㄠˇ），兩雜草名。

4 朽，腐朽。止，語詞。

5 挃挃（ㄓˋ），獲聲。栗栗，積之密也。

6 盈，滿。寧，安也。

7 犉（ㄖㄨㄣˊ），黃牛黑唇。〈爾雅〉：「牛七尺為

厥聞挃挃
厥眺栗栗[5]
心開百室
百室盈止
日夕寧止[6]
犉牡相逐
湛樂捄角[7]

犉。」牡，公牛。湛樂，長享樂。捄（ㄐㄧˋㄡ），長而彎曲，又作觓。《鄭箋》：「捄，角貌。」

玉爾[1]

爾亦勞止
汔可小康[2]
羈此中國
引領西方[3]
無縱詭隨
以謹無良[4]
柔遠能邇[5]

---

1 見〈大雅・民勞〉。

2 爾，你。勞，苦。汔，庶幾。小康，稍安。白居易〈老病相仍以詩自解〉：「昨因風發甘長往，今遇陽和又小康。」

3 羈，（以繩）束縛。賈誼〈吊屈原賦〉：「使騏驥可得繫而羈兮，豈云異夫犬羊？」司馬遷〈報任安書〉：「僕少負不羈之才，長無鄉曲之譽。」引領，伸頸遠望而期盼。《左傳》：「我君景公引領西望曰：『庶撫我乎！』」《聊齋誌異》：「結想為夢，引領成

且定一方
爾雖小子
而式宏軒[6]
無縱詭隨
以謹牽卷[7]
維我玉爾
是用大諫[8]

勞。」

4縱，通「從」，聽從。詭隨，譎詐之人。《毛傳》：「詭人之善，隨人之惡者也。」謹，慎也。良，善也。

5柔，安也。遠，遠方之民。邇，近處之人。《傳疏》：「遠謂四方，邇謂中國。」

6式，作用，得以。

7牽卷，繾綣。《毛傳》：「反覆也。」

8維，正因為。玉，寶愛。玉爾，以你為寶物。是用，因此。大諫，力諫。

萇楚[1]

隰有萇楚[2]
猗儺其枝[3]
夭之沃沃
樂我無知[4]
隰有萇楚
猗儺其華
夭之沃沃

---

1 見〈檜風・隰有萇楚〉。

2 〈衛風・氓〉：「淇則有岸，隰則有泮。」《傳疏》：「隰者下濕有阪，猶淇水之有岸也。」萇楚，羊桃，葉長而狹，花紫赤色，其枝莖弱，過一尺引蔓於草上。

3 猗儺（ㄋㄨㄛˊ），花實美盛，枝條柔順。

4 夭，草木之方長未成者。沃沃，肥美。《集傳》：「光澤貌。」知，配偶。《通釋》：「《箋》訓知為匹，與下章『無室』、『無家』同義。」

樂我無家
隰有萇楚
猗儺其實
夭之沃沃
樂我無室
無家無室
樂我有子

忞忞[1]

忞忞樂弁
夙夜必偕[2]
忞忞樂弟
夙夜無寐
忞忞樂子
夙夜不已
沃桑交枝[3]

---

1 見〈魏風・陟岵〉。

2 忞忞（ㄇㄧㄣˊ），茫昧不明，心所不了。沈遼〈諭客辭〉：「若人者，是謂不能混於滑滑而能委於忞忞者乎？」弁，童子成人加冠。偕，力行不倦。《集傳》：「必偕，言與其儕同作同止。」

3 沃桑，〈衛風・氓〉：「桑亡未落，其葉沃若。」《集傳》：「沃若，潤澤貌。」

4 戛（ㄐㄧㄚˊ），踐踏。透，達到充分。轢（ㄌㄧˋ），滾壓。捺，以手重按。

嘉禾雙穗
顛之倒之
樂不可支
載戛載透
載轢載捺[4]
上慎旃哉
唭㘈毋嚲[5]

---

5 上慎旃哉，乞求你要謹慎啊！旃（ㄓㄢ），代詞之。上，通「尚」，乞求。唭㘈（ㄑㄧˋ ㄧˊ），有聲無辭，呢喃，吞吐。嚲（ㄉㄨㄛˇ），下垂。洪昇〈長生殿・驚變〉：「軟咍咍柳嚲花欹，困騰騰鶯嬌燕懶。」

柔至[1]

淇則有岸
隰則有泮[2]
與爾偕老
瓊琚在抱[3]
雲油雨霈
於斯之時[4]
進退維谷

---

1 見〈衛風・氓〉等。

2 淇與隰互文，《鄭箋》：「淇與隰皆有崖岸以自拱持。」

3 瓊，玉之美者。琚，佩玉名。

4 油，興盛貌。霈，充沛貌。〈孟子・梁惠王上〉：「天油然作雲，沛然下雨，則苗浡然興之矣。」李白〈明堂賦〉：「于斯之時，雲油雨霈，恩鴻溶兮澤汪濊，四海歸兮八荒會。」

5 隈（ㄨㄟ），曲深隱蔽之處。〈莊子・徐無鬼〉：

惟隈惟壑[5]
惟追惟琢
惟熨惟篤[6]
身之赴托
顛眴翻覆[7]
情之柔至
燼垺煨粥[8]

「奎蹄曲隈，乳間股腳，自以為安室利處。」壑，山谷。王維〈桃源行〉：「自謂經過舊不迷，安知峰壑今來變。」

6 〈大雅・棫樸〉：「追琢其章，金玉其相。」《毛傳》：「追，彫（雕）也。金曰彫，玉曰琢，相質也。」熨，緊貼。篤，深厚。《世說新語》：「與婦至篤……以身熨之。」

7 赴，投入。〈楚辭・漁父〉：「寧赴湘流，葬於江魚之腹中。」托，寄托。〈楚辭・招魂〉：「魂兮歸來，東方不可以托些。」顛眴（ㄒㄩㄢˋ），顛頓昏花。王安石〈夢黃吉甫〉：「山林老顛眴，數日占黃壤。」翻覆，反覆變化。陸機〈君子行〉：「休咎相乘躡，翻覆若波瀾。」

8 燼，燃燒之餘物。辛棄疾〈鷓鴣天〉：「爐燼冷，鼎香氛。」坏（ㄆㄟ），製陶器的模型。煨，文火加熱。

康明[1]

嗟嗟良子[2]
知爾待茲
奄厘爾成
來咨來茹[3]
嗟嗟孌子
春王正月[4]
亦有何求

---

1 見〈周頌・臣工〉。

2 嗟嗟，歎聲。《鄭箋》：「重言嗟嗟，美歎之深。」良子，善賢之人。〈左傳・昭公二十年〉：「司馬以吾故，亡其良子。」茲，代詞，此。

3 奄，忽而。厘，通「理」，治理。成，成就，治績。來，語詞。咨，詢問。茹，謀劃。

4 孌子，美好之士。春王，正月也。

5 俶，經營。畬（ㄩˊ），熟田，已耕三年之田。

6 來，小麥。牟，大麥也。

昔俶沃畬[5]
于皇來牟
將受厥明
迄用康年[6]
嗟嗟殷子
庤乃錢鎛
奄觀康明[7]

明，上帝之明賜（收成）也。迄，至。用，以。康年，豐年。

7 殷，富裕。《舊唐書》：「歲稔時和，人殷俗阜。」庤（ㄓˋ），準備。錢，翻土的農具，鐵鏟長柄。古以之為交易，仿其形狀鑄為貨幣。鎛（ㄓˋ），收割的鐮刀。奄，不久。

繁霜[1]

正月繁霜[2]
我心憂傷
侯薪侯蒸[3]
國之殆亡
今茲之政
胡然厲矣[4]
滿目闒茸

1 見〈小雅・正月〉。

2 繁霜，多霜。正月，正陽之月。《毛傳》：「夏（曆）之四月。」四月繁霜乃為反常。

3 侯，僅僅。薪，粗枝。蒸，細柴。《鄭箋》：「林中大木之處而維有薪蒸爾，喻朝廷宜有賢者而但聚小人。」

4 胡然，為何如此。

5 闒茸（ㄊㄚˋㄖㄨㄥˊ），庸碌低劣。韓愈等〈會合聯句〉：「休跡憶沈冥，峨冠慚闒茸。」鞫訩（ㄐㄩˊㄒㄩㄥ），〈小雅・節南

朝野鞫訩[5]
佌佌有屋
蔌蔌有祿[6]
哿矣駔儈
國之殆戮[7]
何日挽子
脫此輻轂[8]

山〉：「昊天不傭，降此鞫訩。」《集傳》：「鞫訩，窮極之亂。」

6 佌佌，小也。蔌蔌，陋也。

7 哿（ㄍㄜˇ），快樂。〈小雅・雨無正〉：「哿矣能言，巧言如流。」駔（ㄗㄤˇ）儈，說合牲畜交易的人，後指市儈。劉晝〈新論〉：「故若物無所以困，良馬勞於駔闠（儈），美材朽於幽谷。」殆，恐將。

8 輻轂，輪中為轂，輻輳其外。《文心雕龍》：「並駕齊驅，而一轂統輻。」

肅肅[1]

肅肅鴇羽
集于茂梓[2]
世事靡盬
藝不得極[3]
騏子何怙
曷其有所[4]
肅肅鴇羽

---

1 見〈唐風・鴇羽〉。

2 肅肅，羽聲。梓，落葉喬木。〈小雅・小弁〉：「維桑與梓，必恭敬止。」鴇，鳥名，似雁而大。

3 靡，無。盬（ㄍㄨˇ），息。藝，種植。極，竭盡。〈禮記・大學〉：「是故君子無所不用其極。」

4 騏，駿馬色之青黑斑紋者。《晉書》：「吾遠求騏驥，不知近在東鄰，何識子之晚也。」怙，依靠。曷，何。

集于茂桑
生事靡盬
為謀稻粱
騏子何嘗
曷其有常[5]
亙太平洋[6]
在天一方

---

5 嘗，食，吃。常，正常。《集傳》：「復其常也。」

6 亙，綿延，貫穿。梁啟超〈太平洋遇雨〉：「一雨縱橫亙二洲，浪淘天地入東流。卻餘人物淘難盡，又挾風雷作遠遊。」亙又通「恆」，指月上弦之貌。〈小雅・天保〉：「如月之恆，如日之升。」《毛傳》：「弦升出也，言俱進也。」

有摽[1]

泛彼柏舟
亦泛其流[2]
耿耿不寐
十載董憂[3]
匪我無酒
下思遨遊[4]
我心匪鑒

1見〈邶風・柏舟〉。
2泛（前），浮游不定貌。泛（後），浮行水上。
3耿耿，心煩耳熱。董，深藏。
4匪，通「非」。遨遊，嬉遊。〈後漢書・張衡傳〉：「雖遨遊以偷樂兮，豈愁慕之可懷。」
5鑒，鏡。《詩緝》：「鑒雖明，而不擇妍醜，皆納其影。我心有知善惡，善則從之，惡則拒之，不能混雜。」《毛傳》：「石雖堅，尚可轉；席雖平，尚可卷。」選，計算。

我心匪石
我心匪席
不可選也[5]
日居月諸
胡迭而微[6]
靜言思之
寤辟有摽[7]

《集傳》：「威儀無一不善，又不可得而簡擇取捨。」

6 居、諸，語尾助詞。迭，更迭。微，虧傷也。

7 寤，甦醒。辟，拊心。摽（ㄅㄧㄠˋ），擊打。《集疏》：「審思此事，寤覺之時，以手拊心，至於擗擊之也。」

祁祁[1]

有渰萋萋
興雨祁祁[2]
雨我心田
遂及我私
不獲有稚
不斂有穧[3]
遺秉滯穗[4]

1見〈小雅・大田〉等。

2渰（ㄢˇ），雲興貌。萋萋（ㄑㄧ），雲行貌。祁祁，舒也。《集傳》：「雲欲盛，盛則多雨。雨欲徐，徐則入土（田）。」

3稚，晚熟的穀類。穧（ㄐㄧˋ），已割未收的禾把。

4遺秉，遺棄之禾把。滯穗，滯漏的禾穗。

5東隅，日出東方。桑榆，日落光照桑榆樹端。〈後漢書・馮異傳〉：「始雖垂翅回谿，終能奮翼黽池，可謂失之東隅，收之

皆我之利
失之東隅
收之桑榆[5]
屬之于髦
罹之于裡[6]
天之生我
天之生爾

桑榆。」

6 屬，附著。罹，附麗。《經義述聞》：「毛在外，理（里）在內，相對為文……若箸於毛然，若附於其理然。」

弄椒[1]

有饛簋飧
有捄棘匕[2]
情積如砥
情來如矢[3]
眷言顧往
忻焉出涕[4]
凡夫不人

---

1 見〈小雅・大東〉等。

2 有，語詞。饛，滿簋貌。簋（ㄍㄨㄟˇ），陶或青銅食器，圓口圈足有耳。飧，熟食，謂黍稷也。捄（ㄐㄧㄡˋ），長而曲。棘匕，酸棗木製勺。《集傳》：「以棘為匕，所以載鼎肉而升之於俎也。」

3 積，蘊蓄。〈舊唐書・令狐彰傳〉：「剛直形外，純和積中。」砥，質粗為礪，細者為砥，其為柔石，言縝密也。情來如矢，陶潛〈歸去來兮辭〉：「情在駿奔，自免去職。」

我子獨賢
歆子武敏
言笑晏晏[5]
穀旦穀道
視爾如荍[6]
越以鬷邁
眙我弄椒[7]

4 眷言，顧念之深，回視而返。〈梁書・武帝紀〉：「眷言瞻烏，痛心在目。」忻，喜悅。嵇康〈聲無哀樂論〉：「夫會賓盈堂，酒酣奏琴，或忻然而歡，或慘爾而泣。」

5 歆，欣也。《鄭箋》：「履其拇趾之處，心體歆歆然。」武敏，足跡的拇指印。晏晏，和柔。

6 穀旦，良辰。穀道，善理。荍（ㄑㄧㄠˊ），錦葵，花紅色。

7 鬷（ㄗㄨㄥ）邁，男女聚會合行。眙（ㄔˋ），直視。〈楚辭・思美人〉：「思美人兮，攬涕而佇眙。」

谷風[1]

習習谷風
以陰以雨[2]
黽勉同心
無洸無潰[3]
采葑采菲
其贊下體[4]
德音不違

1見〈邶風・谷風〉。

2谷風，山谷之風。以陰以雨，時陰時雨。

3黽（ㄇㄧㄣˇ）勉，勤勉。《毛傳》：「言黽勉者，思與君子同心也。」洸，水激湧而有光。潰，水潰決而四出，洸潰皆以水勢舉似怒貌。

4葑菲，二菜乃蔓菁蘿蔔一類，莖下體肥大宜食。贊，以……為禮物。

5德言，善言，美好的誓言。及爾，與你一起。

6荼，苦菜，味苦。薺，薺菜，味甜。

及爾同至[5]
五載荼苦
其甘如薺[6]
沾弟沾兄
叩兄叩弟[7]
渭以涇濁
湜湜乃沚[8]

---

7 沾，浸潤，黏附。阮籍〈詠懷〉：「清露被皐蘭，凝霜沾野草。」叩，敲擊，誠懇探詢。《禮記》：「叩之以小者則小鳴。叩之以大者則大鳴。」

8 渭以涇濁，渭水因涇水而混濁，喻人品之優劣，是非之真偽。《文心雕龍》：「若擇源於涇渭之流，按轡於邪正之路，亦可以馭文采矣。」湜湜（ㄕˊ），水清見底。沚，通「止」。

采唐[1]

采唐沬鄉
采麥沬北
采葑沬東[2]
云誰之思
非姜非庸[3]
云誰之期
美稽家子

---

1 見〈鄘風・桑中〉。

2 唐，蒙菜。沬（ㄇㄟˋ），地名，衛之下邑。

3 誰之思，思誰。姜、庸，姓也。

4 稽（ㄐㄧ），姓也。郁郁，儀態端莊盛美貌。〈史記・五帝本紀〉：「其色郁郁，其德嶷嶷。」

5 跂，通「企」，踮起腳跟望遠。壅，葉片堆積。沐，洗髮。上宮，宮牆角樓。

6 醍醐，玉篇謂紅色酒，說文謂酪之精者。《大般涅槃經》：「譬如從牛出

稽子郁郁[4]
跂我乎桑壍
沐我乎上宮[5]
醍醐迎逢
猗儺薰風[6]
送我乎淇之上
送我乎淇之中

乳，從乳出酪，從酪出生穌，從生穌出熟穌，從熟穌出醍醐。醍醐最上。」

薰風，初夏和暖的東南風。白居易〈首夏南池獨酌〉：「薰風自南至，吹我池上林。」

有裳[1]

有裳有車
弗婁弗驅[2]
期子是愉
有廷有鼓
弗埽弗考
期子是葆[3]
桃之夭夭

---

1 見〈唐風‧山有樞〉等。

2 婁，通「摟」，拉扯，指穿衣。是，語詞，以確指行為的對象。愉，享樂。

3 廷，堂前平地。考，擊。葆，通「保」，占居。

4 鬱勃，茂盛。應瑒〈楊柳賦〉：「攄豐節而廣布，紛鬱勃以敷陽。」下體，葑菲之莖。

5 宴爾，燕爾，喻新婚。蒔，栽種。柳宗元〈種樹郭橐駝傳〉：「其蒔也若子，其置也若棄，則其天者全而其性得矣。」

灼灼其華
葑菲鬱勃
宜其下體[4]
宴爾重懽
如兄如弟
獲之在今
蒔之在昔[5]

將讙[1]

子之旋兮
忤突如豣
揖我謂儇[2]
子之茂兮
牾騁如犅
揖我謂臧[3]
子之昌兮

1見〈齊風・還〉。

2旋，同「還」，便捷貌。忤（ㄨˇ），逆也。突，急沖。豣（ㄐㄧㄢ），大獸。揖，拱手行禮。儇（ㄒㄩㄢ），便捷。《集傳》：「獵者交錯於道路，且以便捷輕利相稱譽。」

3茂，美好貌。犅（ㄍㄤ），赤脊公牛。臧，善也。

4昌，盛壯貌。狻（ㄙㄨㄢ），狻兔。奐，盛也。

6無斁（ㄧˋ），不厭棄。

铻馳如狻
揖我謂奐[4]
旋兮茂兮
子昌昌兮
儇兮臧兮
我奐奐兮
將諸無斁[5]

煥煥[1]

兔爰爰
雉煥煥[2]
初之逢
心尚堇
耽之中
心如蓬[3]
爾儀丰

1見〈王風・兔爰〉等。

2爰爰（ㄩㄢˊ），猶「緩緩」。雉，野雞。煥煥，光亮顯赫貌。

3堇，固，深藏。蓬，草名，其花似柳絮，聚而飛。

4止，容止。慫，恭敬。雍，和諧。

5卜筮，預測吉凶，龜甲稱卜，蓍草曰筮。撫綏，安撫。競，爭競。絿，急躁。

6玉粲，晶瑩如玉。楊修〈神女賦〉：「華面玉粲，韡若芙蓉。」燿，同

爾止慫
爾禮雍[4]
爾卜爾筮
吉言撫綏
不競不絿[5]
玉粲錦燿[6]
期之在後

「耀」。

西門[1]

西門之墠
茹藘在阪[2]
其室則人
其心我篡[3]
西門之栗
有踐家室[4]
豈不爾怨

1見〈鄭風・東門之墠〉等。
2墠（ㄕㄢˋ），為祭祀而清除的場地。茹藘，染絳用草。阪，山坡。
3則，就。篡，獵取。〈法言・問明〉：「鳴飛冥冥，弋人（射獵之人）何篡也。」吳蔚光〈齊天樂・雁〉：「陣陣行行，高空猶恐弋人篡。」
4栗，栗樹。踐，淺陋。
5趨趨，急匆匆的樣子。〈禮記・祭義〉：「其行也趨趨以數。」
6揚清，稱揚美德。司空圖

遠而致之
趨趨車來[5]
吉日良辰
爾身如磬
扣之揚清[6]
爾言挺挺
我受扃扃[7]

〈成均諷〉：「變唯尚質，貴在揚清，動以敷愉，紼之仁義。」〈荀子・法行〉：「扣之，其聲清揚而遠聞。」

7 挺挺，正直也。扃扃（ㄐㄩㄥˇ），明察貌。〈左傳・襄公五年〉：「《詩》曰：『周道挺挺，我心扃扃。』」

彼黍[1]

彼黍離離
彼稷之苗[2]
行邁靡靡
采烈興高[3]
悠悠者蒼
貺此英髦[4]
彼黍離離

---

1 見〈王風・黍離〉等。

2 黍與稷類同，黏者為黍可釀酒，不黏者為稷可做飯。離離，行列茂密。《通釋》：「稷以春種，黍以夏種，而《詩》言黍離離，稷尚苗者，稷種在黍先，而秀在黍後故也。」

3 邁，遠行。靡靡（ㄑㄧㄣ），馬行疾也。采，情緒。

4 悠悠者蒼，《毛傳》：「悠悠，遠意。遠視之蒼蒼然，則稱蒼天。」貺（ㄎㄨㄤˋ），賜予。〈小雅・彤弓〉：「我有嘉賓，中心貺之。」兄，滋

彼稷雙穗
旼旼穆穆[5]
君子之醉
蒼者悠悠
百廢俱酬
望國在遠
扣心在周[6]

也，益也，俗字加貝作貺。髦，俊也。

5 旼旼，和樂貌。穆穆，誠敬貌。〈漢書・司馬相如傳〉：「旼旼穆穆，君子之態。」

6 酬，實現。李頻〈春日思歸〉：「壯志未酬三尺劍，故鄉空隔萬重山。」扣心，捶胸。〈南齊書・張敬兒傳〉：「華夷扣心，行路泣血。」

負暄[1]

苕之華
芸其黃[2]
心之倡
發其爽[3]
苕之華
葉青青[4]
餪我子

1見〈小雅・苕之華〉。

2苕，又名紫薇，蔓生。《鄭箋》：「苕之華紫，赤而繁。」芸，茂盛貌。《經義述聞》：「芸其黃矣，言其盛，非言其衰。」

3倡，發歌。發，抒。

4青青，盛貌。《毛傳》：「花落，葉青青然。」

5餪（ㄋㄨㄢˇ），設宴於喜事前後也。

6偃仰，俯仰。〈後漢書・李固傳〉：「搔頭弄姿，槃旋偃仰，從容冶步，曾無慘怛傷悴之心。」湛

罄此生[5]
偃仰樂
飲之湛[6]
負暄挼摩
將娛晚晴[7]
撢掞挺挏
攸奴攸君[8]

（ㄉㄢ），樂。〈小雅・北山〉：「或湛樂飲酒。」

7 負暄，冬日受曬取暖。挼（ㄋㄨㄛˊ）摩，搓揉。楊萬里〈凍蠅〉：「隔窗偶見負暄蠅，雙腳挼挲弄晚晴。」

8 撢掞（ㄊㄢˋ ㄕㄢˋ），求取便利。挺挏（ㄉㄨㄥˋ），上下推動。〈淮南子・俶真訓〉：「夫挾依於跂躍之術，提挈人間之際，撢掞挺挏世之風俗，以摸蘇牽連物之微妙。」攸，乃。

粲者[1]

彼佼人兮
揚戈執殺[2]
彼其之體
不施赤芾[3]
維鵜在梁
共濡其翼[4]
共濡其咮

1見〈曹風・候人〉等。

2殺（ㄉㄨˊㄛ），殳也，丈二有棱無刃的兵器。

3彼其，那。芾，通「韍」（ㄈㄨˊ），冕服之飾物，熟皮縫腰際以遮膝，稱蔽膝，赤芾佩大夫以上。

4鵜，鵜鶘，羽多色白，喙長尺餘，口中正赤，頷下有囊。梁，堵水捕魚之堰。范成大〈盧溝〉：「草草魚梁枕水低，匆匆小駐濯漣漪。」濡，浸濕。

5咮（ㄓˋㄡ），喙也。溝，同「媾」。

厥遂其溝[5]
薈兮蔚兮
南山朝隮[6]
婉兮孌兮
斯脊斯胾[7]
今夕何夕
溽此粲者[8]

---

6 薈、蔚，雲興貌。薈蔚雙聲，以草木繁茂引申為雲盛不定。朝隮，清晨雲氣升騰。

7 婉、孌，年少而美好。陳維崧〈調笑令〉：「宛轉，羞相見，月白風清人婉孌。」脊（ㄌㄧㄠˊ），脂肪。胾（ㄗˋ），大塊的肉。

8 溽，味道濃厚，滋味恣意，言欲也。〈禮記・儒行〉：「其飲食不溽。」粲者，美子，亦指美好事物。

子湑[1]

鳥鳴嚶嚶
出自幽谷
遷于喬木
嚶其鳴矣[2]
求其友聲
相彼鳥矣
猶求友聲

---

1 見〈小雅・伐木〉。

2 嚶鳴，喻朋友同氣相求。劉峻〈廣絕交論〉：「嚶鳴相召。」

3 矧（ㄕㄣˇ），何況。友聲，朋友的聲音。王安石〈示德逢〉：「有鳴倉庚，豈曰不時？求其友聲，頡之頏之。嗟我懷人，何日忘之。」趙翼〈題三壽圖〉：「娛老求友聲，豈如家庭內。」

4 坎坎，鼓聲。蹲蹲（ㄘㄨㄣˊ），舞貌。

5 適矣暇矣，安逸閒適。《集傳》：「故我與朋友，不

矧伊人矣[3]
不求友聲
坎坎鼓我
蹲蹲舞我[4]
適矣暇矣
飲子湑矣
終和且平[5]

計有無，但及閒暇，則飲酒以相樂也。」湑，酒濾去滓。終，既。

伐木[1]

伐木許許
釃酒有藇[2]
既有壯羜
以速子都[3]
於粲洒埽
陳饋八簋[4]
既有壯牡

1見〈小雅・伐木〉等。

2許許，鋸木之聲。釃（ㄕ），濾酒。藇（ㄒㄩˋ），美好的樣子。

3羜（ㄓㄨˋ），未成年羊。速，宴請。子都，世之美好者。吳均〈詠少年〉：「董生唯巧笑，子都信美目。」

4於，能「吁」，表讚歎。粲，光明，潔淨。陳，擺。饋，食物。簋（ㄍㄨㄟˇ），食器，圓口圈足兩耳，方座或有蓋，青銅或陶製。

5子充猶言子都，皆為良人。

6寧，竟然。適，湊巧。微，不是。

以速子充[5]
寧適不來
微我弗顧[6]
微我有咎
甯適不來
之子來兮
蓬蓽生輝[7]

7 蓬蓽，蓬門蓽戶。葛洪〈抱朴子〉：「藜藿有八珍之甘，而蓬蓽有藻棁（彩柱）之樂也。」

棘心[1]

凱風自南
吹彼棘心[2]
棘心夭夭
思子為勞[3]
凱風自南
吹彼棘心
十載聖善

1見〈邶風・凱風〉等。
2凱風自南，南風長養萬物而喜樂，故曰凱風。棘心，酸棗木萌芽。陸雲〈歲暮賦〉：「變棘心之柔風兮，滋豐草之湛露。」
3夭夭，盛貌。〈周南・桃夭〉：「桃之夭夭，灼灼其華。」孔尚任〈桃花扇〉：「補襯些翠枝青葉，分外夭夭。」勞，苦。
4聖善，通於事理而有美德者。孫華〈張母陳太孺人貞節〉：「痛念聖善母，平生少歡愉。」令，善也。

獲此令人[4]
爰有寒泉
在浚之霒[5]
睍睆黃鳥
則好其音[6]
凱風自南
思子為酲[7]

---

5 爰，何處。寒泉，喻人子敬慰其母。謝朓〈齊敬皇后哀策文〉：「思寒泉之罔極兮，托彤管於遺詠。」浚（ㄐㄩㄣˋ），衛之城邑。霒（ㄧㄣ），雲覆日也。〈楚辭・九辨〉：「忠昭昭而願見兮，然霒曀而莫達。」

6 睍睆（ㄒㄧㄢˋㄏㄨㄢˇ），清和圓轉。梅堯臣〈寄題楊敏叔〉：「花草發瑣細，禽鳴啼睍睆」。朱鼎〈玉鏡臺記〉：「東風帘幙輕翻，柳外啼鶯聲睍睆。」

7 酲，酒醉而神昏。陸游〈柳林酒家小樓〉：「微倦放教成午夢，宿酲留得伴春愁。」

汙澣[1]

維葉萋萋
黃鳥于飛[2]
集于灌木
其鳴喈喈[3]
葛之覃兮
施于中谷[4]
子之來兮

---

1 見〈周南·葛覃〉。

2 萋萋，茂盛貌。于飛，飛翔。

3 喈喈（ㄐㄧㄝ），鳥和鳴。《毛傳》：「和聲之遠聞也。」

4 葛，木質蔓生植物，莖維織葛衣、葛履。《周禮》有掌葛之職。〈楚辭·山鬼〉：「采三秀兮山間，石磊磊兮葛蔓蔓。」覃，蔓延，延及。中谷，谷中也。

5 是，助詞。表示兩個動作並列。刈（ㄧˋ），割取。濩（ㄏㄨㄛˋ），煮。

是刈是濩[5]
絺綌隨之
服之無斁[6]
薄汙我私
薄澣我衣[7]
瞰子汙澣
我心如飴[8]

---

6 絺綌（ㄔ ㄒㄧˋ），兩種葛布，精曰絺，粗曰綌。斁（ㄧˋ），厭也。

7 薄，語詞。汙，動詞，洗去污垢。私，內衣。澣（ㄏㄨㄢˇ），洗濯。

8 瞰，窺視。飴，糖。韓愈〈芍藥歌〉：「一罇春酒甘若飴，丈人此樂無人知。」

執手[1]

擊鼓其鏜
踊躍其用[2]
不我以歸
憂思忡忡[3]
爰居爰處
爰喪其車[4]
于以翼之

---

1 見〈邶風・擊鼓〉。

2 鏜（ㄊㄤ），鼓聲。用，操練（兵器）。《毛傳》：「鏜然，使眾皆踴躍用兵也。」

3 不我以歸，言不與我而歸也。忡忡，不安，心跳動貌。〈召南・草蟲〉：「未見君子，憂心忡忡。」

4 爰居兩句，《鄭箋》：「爰，子也。不還謂死也，傷也，病也。今于何居乎？于何處乎？于何喪其車乎？」喪，失去。

5 于以，在何處。翼之，覆蔽。〈大雅・生民〉：「誕寘之寒冰，鳥覆翼

于海之西[5]
死生契闊
與子成結[6]
執子之手
與子偕老[7]
于嗟敻敻
于嗟渺渺[8]

之。」〈左傳・哀公十六年〉：「騰如卵，余長而翼之。」

6 死生兩句，《通釋》：「契闊與死生相對成文，猶云合離聚散耳。」《後箋》：「言死生相與約結，不相離棄也。」〈曹風・鳲鳩〉：「其儀一兮，心如結兮。」《集傳》：「如結，如物之固結而不散也。」

7 執手，〈鄭風・遵大路〉：「遵大路兮，摻執子之手兮。」《鄭箋》：「言執手者，思望之甚也。」吳偉業〈別維夏〉：「正逢漉酒登高會，執手西風嘆落暉。」偕，一起。

8 于嗟，嘆詞。敻敻（ㄒㄩㄥˋ），孤單貌。錢惟演〈春雪賦〉：「有卉敻敻，有鳴嚶嚶。」渺渺，幽遠貌。王安石〈憶金陵〉：「想見舊時遊歷處，煙雲渺渺水茫茫。」

綠衣[1]

綠兮衣兮
綠衣黃裡[2]
心之閱兮
曷維其已[3]
綠兮衣兮
綠衣黃裳
心之閱兮

---

1 見〈邶風・綠衣〉等。

2 衣，外衣。裡，內衣。《詩經辨義》指玉米稈葉為綠，包穀為黃。《詩序》、《詩集傳》以黃綠喻妻妾，後睹物寫人以悼亡，此處擁其色而思良人也。

3 閱，悅。曷，為何。維，其。已，終止。

4 良人，美善之人。〈唐風・綢繆〉：「今夕何夕，見此良人。」〈莊子・田子方〉：「昔者寡人夢見良人。」俾無訧（ㄧㄡˊ）兮，使避免了失誤。《毛傳》：「俾，使。訧，過

曷維其忘
我思良人
俾無訧兮[4]
絺兮綌兮
清其以風[5]
我思良人
實維我儀[6]

也。」

5 絺兮綌兮，〈周南・葛覃〉：「為絺為綌，服之無斁。」清其以風，張衡〈東京賦〉：「清風協於玄德，淳化通於自然。」《文心雕龍》：「標序盛德，必見清風之華。」

6 儀，匹也。

衡門[1]

衡門之下
不可棲遲[2]
泌之湯湯
不可樂飢[3]
厥其食魚
必河之魴[4]
厥其同心

---

1 見〈陳風・衡門〉等。

2 衡門，《毛傳》：「橫木為門，言淺陋也。」指住處簡陋也。棲遲，休息。《毛傳》：「棲遲，遊息也。」

3 湯湯（ㄕㄤ），水盛貌。〈衛風・氓〉：「淇水湯湯，漸車帷裳。」樂，通「療」。飢，渴也。樂飢，渴慕性愛如朝飢思食。

4 河，黃河。魴，即昌魚，廣而薄，肥恬少力，細鱗味美。

5 奘，高大。《方言》：

必南之奘[5]
厥其食魚
必河之鯉
厥其糺體
必稽之子[6]
昏以為期
明星晢晢[7]

「秦晉之間，凡人之大謂之奘，或謂之壯。」

6 糾，絞合。〈楚辭・招隱士〉：「樹輪相糾兮，林木茷骫。」稽，相合。《禮記》：「儒有今人與居，古人與稽。」

7 昏，黃昏。晢晢（ㄓㄜˊ），光亮貌。宋玉〈高唐賦〉：「其少進也，晢兮若姣姬，揚袂鄣日，而望所思。」

野有[1]

野有死麕
白茅包之[2]
子都懷春
子充誘之[3]
野有死鹿
白茅純束[4]
子都如玉

---

1 見〈召南・野有死麕〉。

2 麕（ㄐㄩㄣ），獐子，無角鹿屬。白茅，茅草。以茅草包物乃為鄭重其事。

3 子都、子充皆美子。

4 純，包裹。束，捆。

5 舒，徐緩貌。汲汲，情急貌。《禮記》：「其往送也，望望然，汲汲然，如有追而弗及也。」褕（ㄩˊ），華美的罩衣。

6 赫，盛光或盛怒。尨（ㄇㄤˊ），長毛犬也。狺（ㄧㄣˊ），犬吠聲。〈楚辭・九辯〉：「猛犬狺狺而迎吠兮，關梁閉而不通。」渥，厚漬。

子充如酪
舒而汲汲兮
無惜我褕兮[5]
匪麕匪鹿
毋包毋束
赫如尨猲
色如丹渥[6]

關關[1]

關關睢鳩[2]
在美之洲
窈窕尤子
吉士迴逑[3]
參差荇菜
左右芼之[4]
窈窕尤子

---

1 見〈周南・關睢〉。

2 關關，鳥和鳴聲，喙扁者其聲關關，得水邊之趣。睢鳩，魚鷹，雌雄有定偶。

3 窈窕，幽閒貌。尤子，最優異的人物。《莊子》：「夫子，物之尤也。」高適〈東平旅遊奉贈薛太守〉：「青雲本自負，赤縣獨推尤。」吉士，男子美稱。魯迅《集外集續編》：「老喉嘹亮，吟關關之睢鳩；吉士駢填，若浩浩乎河水。」逑，配偶。

4 荇（ㄒㄧˋㄥ）菜，水草，

言笑在茲
在茲不足
除舒裳服
悠哉悠哉
輾轉反側
悠哉悠哉
旦復旦旦

嫩可食。芼（ㄇㄠˋ），擇取，採摘。

木德[1]

桑之未落
其葉沃若
于嗟鳩兮
奪食葚簇[2]
之耽女兮
猶可脫也
之耽士兮

1 見〈衛風・氓〉。
2 沃若，猶沃沃然也。《集傳》：「潤澤貌。」葚，桑實也。《正義》：「鳩食桑葚，過時則醉。」
3 耽，沉溺。《傳疏》：「凡樂過其節謂之耽。」脫，解脫，脫解。謝莊〈月賦〉：「洞庭始波，木葉微脫。」
4 施施，徐行。《鄭箋》：「舒行伺間，獨來見己之貌。」《集傳》：「施施，喜悅之意。」來即我謀，《鄭箋》：「但來就我欲與我謀為室家也。」

不可脫也[3]
子來施施
來即我謀[4]
載卜載筮
體多吉言[5]
遇木成材
木德在斯[6]

---

5 載，則。體，兆卦之體。
6 木德，五行相生相勝，以木勝者為木德。《禮記》：「某日立春，盛德在木。」孔穎達疏：「盛德在木者，天以覆蓋生民為德，四時各有盛時，春則為生，天之生育盛德，在於木位。」

黰黰[1]

黰黰卷絲
薄言掇之[2]
黰黰卷絲
薄言捋之
黰黰卷絲
薄言含之
襭之藏之[3]

---

1 見〈周南・芣苢〉等。

2 黰黰（ㄧˋ），深黑貌。張憲〈北庭宣元杰西番刀歌〉：「三尖兩刃圭首圓，劍背黰黰生黑煙。」卷（ㄑㄩㄢˊ），彎曲。〈小雅・都人士〉：「彼君子女，捲髮如蠆。」《鄭箋》：「髮末曲上卷然。」掇（ㄉㄨㄛˊ），拾也。

3 襭（ㄒㄧㄝˊ），衣襟掖於腰間。《集傳》：「以衣貯之而執其衽於帶間也。」

4 夐，迥，遠。謝朓〈京路夜發〉：「故鄉邈已夐，山川修且廣。」方，並船

漢之廣兮
猶可泳也
洋之夐兮
不可方也[4]
寘彼金罍[5]
啟之瞫之
療我耽思[6]

或編竹為筏。

5 寘（ㄓˋ），放置。罍（ㄌㄟˊ），酒器，刻雲雷之像，以黃金飾之。

6 瞫（ㄕㄣˇ），視，有深、下、竊、平多種視角。耽思，深思。〈文賦〉：「其始也，皆收視反聽，耽思傍訊，精騖八極，心遊萬仞。」

其雨[1]

其雨其雨
霡霡其霂[2]
願言思叔
疾首甘心[3]
焉得諼草
言樹之堂[4]
願言思叔

1見〈衛風‧伯兮〉等。

2其，語詞，表願望。雨，下雨。霡霡，密雨貌。何景明〈霍山辭〉：「而在下雲之興兮霡霡，望佳人兮容與。」霂，甘雨，時雨。

3願，每。言，語詞。叔，同輩中年少者。甘，甜蜜，情願。疾首、甘心成此對文。〈衛風‧伯兮〉：「願言思伯，甘心首疾。」《集傳》：「是心不堪憂思之苦，而寧甘心於首疾也。」

4諼草，合歡草。《集傳》：「合歡，食之令

一葦之杭[5]
叔兮朅兮
邦之桀兮
叔也執殳
為我前驅[6]
我適為容
膏沐如儀[7]

人忘憂者。」言，動詞詞頭。樹，植。

5 一葦之杭，〈衛風・河廣〉：「誰謂河廣，一葦杭之。」《毛傳》：「杭，渡也。」《集傳》：「誰謂河廣，但以一葦加之，則可以渡矣。」按：「一葦之杭」擴大了「一葦杭之」的意義。

6 朅（ㄑㄧㄝˋ），威武。殳（ㄕㄨ），兵器，丈二無刃。前驅，先鋒。

7 適，取悅。我適兩句，言叔取悅我而為容，有膏沐而如儀。

投之[1]

投之木瓜
報之瓊琚[2]
匪報也
永以為悌[3]
投之木桃
報之瓊瑤
匪報也

---

1 見〈衛風・木瓜〉。

2 投之十句，《通釋》：「瓊為玉之美者，因而凡玉石之美者通謂之瓊……瓊玖為玉石，與琚為佩玉名、瑤為美石，三者不同，故為互文見義。」史謹〈謝郭舍人贈臘梅〉：「折來為之瓊琚報，聊托微言表寸心。」〈南史・隱逸傳〉：「色如桃李，質勝瓊瑤。」錢起〈酬長孫繹藍溪寄杏〉：「芳馨來滿袖，瓊玖願酬篇。」

3 匪，通「非」。悌，敬愛兄長。〈孟子〉：「於此有人焉，入則孝，出

永以為好
投之木李
報之瓊玖
匪報也
永以為糺
糾兮纕兮[4]
禍福同蒂[5]

則悌。」皇甫謐〈高士傳〉：「闔門悌睦，隱身修學，動止合禮。」歐陽修〈問進士策題五道〉：「夫君臣之相和，父子之相愛，兄弟夫婦之相為悌順，是文之本也。」

4 糾，繩三合也。纕（ㄒㄧㄤ），佩帶也。〈楚辭・悲回風〉：「糾思心以為纕兮，偏愁苦以為膺。」

5 同蒂，同長在一個蒂上。潘尼〈安石榴賦〉：「千房同蒂，十子如一。」李漁〈凰求鳳〉：「歡娛未幾，被閒愁，無端侵入雙眉，要起沉屙，須分寵愛，難禁禍福相倚。」

無罿[1]

有兔爰爰
我生之初
尚無辜
我生之後
逢此百罹[2]
尚寐
無吪[3]

---

1 見〈王風・兔爰〉。

2 有兔五句，《集傳》：「兔性陰狡，爰爰，緩意。雉性耿介，言張羅本以取兔，今兔狡得脫，而雉以耿介，反離於羅。方我生之初，天下尚無事。及我生之後，而逢時之多難如此。」罹，憂患。

3 尚，還是。吪（ㄜˊ），動。

4 覺，睡醒。聰，聽到。罦（ㄈㄨˊ），同罿（ㄔㄨㄥ），捕鳥網。

我生之老
有雉來朝
雖餘百慮
無覺無聽
共寐
二心一同
無罦無罿[4]

彼采[1]

彼采葛兮
一日不見
如三月兮
彼采蕭兮
一日不見
如三秋兮
彼采艾兮

---

1 見〈王風・采葛〉等。

2 蕭，蒿之一種，氣馨。《毛傳》：「蕭所以供祭祀。」彼采九句，言思念之深，未久而似久也。

3 琪，美玉，美子。琪花瑤草，夢幻中的珍貴花草。夕，夜，〈唐風・綢繆〉：「今夕何夕，見此良人。」

4 燕，安。婉，順也。蘇武〈詩〉之二：「歡娛在今夕，燕婉及良時。」高適〈同敬八盧五泛河間清河〉：「飄颻波上興，燕婉舟中詞。」洵，確實。韓愈〈復志賦〉：「非夫

一日不見
如三歲兮[2]
彼采琪兮
十載不見
如一夕兮[3]
燕婉之求
洵美且異[4]

子之洵美兮，吾何為乎浚之都。」

將騏[1]

將騏子兮
踰我里
折我樹杞
踰我墻
折我樹桑
踰我園
折我樹檀[2]

---

1 見〈鄭風・將仲子〉。
2 將，願，請。里，二十五家所居。杞，水岸所生之木，柳屬。桑，木名，古者牆下植桑。檀，木名，植於園圃之內。

豈敢愛之
騏可懷也
人之多言
不我畏也
人不知騏
我知懷之
懷之不畏也

朝出[1]

朝出東門
有氓如雲
雖則如雲
匪我思存[2]
夕出西門
有氓如荼
雖則如荼

---

1 見〈鄭風・出其東門〉等。

2 氓，民在野。《集疏》：「美民為氓。」《通釋》：「男子不相識之初則稱氓；約與婚姻則稱子；嫁則稱士。」存，想念。沈約〈和謝宣城〉：「神交疲夢寐，路遠隔思存。」

3 荼，茅蘆類白花。《通釋》：「茅花輕白可愛者也。」思且，猶思存。

4 瑤草，傳說中的香草。江淹〈別賦〉：「君結綬兮千里，惜瑤草之徒芳。」元好問〈春風來〉：「春

匪我思且[3]
野有瑤草
瀼瀼露零
清揚婉兮
適我願兮[4]
與子偕隱
肌膚相敬

風來時瑤草芳，綠池珠樹宿鴛鴦。」瀼瀼，露水盛貌。零，落也。清，眉目秀。揚，額頭美。《通釋》：「蓋目以清明為美，揚亦明也。」適，符合。

且眷[1]

東方未晞
其人美且偲[2]
東方未昕
其人美且仁[3]
顛倒衣裳
顛之倒之
其人美且昂[4]

---

1 見〈齊風・東方未明〉等。

2 晞，破曉。《毛傳》：「明之始升。」偲（ㄙㄞ），多才。《集傳》：「多須之貌。」

3 昕（ㄒㄧㄣ），天亮。《說文》：「旦明，日將出也。」陳去病〈歲暮雜感〉：「何計使之併，昕宵時姝麗。」仁，從心從身，《毛傳》：「有美德，盡其仁愛。」

4 衣裳，《毛傳》：「上曰衣，下曰裳。」昂，軒昂孤傲貌。洪昇〈長生殿〉：「呈獨立，鵠步

蟲飛薨薨[5]
甘與子永夢
子興視夜
明星有爛[6]
知子之敕之
雜佩以問之[7]
其人美且眷[8]

昂，偷低度，鳳影藏。」

5 薨薨（ㄏㄨㄥ），蟲群飛聲。

6 興，起床。明星，啟明星。

7 敕，和順體貼。雜佩，珩、璜、琚、瑀、冲牙之類。陸機〈贈馮文羆〉：「愧無雜佩贈，良訊代兼金。」問，饋贈。

8 眷，重愛，依戀。孫光憲〈生查子〉：「眷方深，憐恰好，唯恐相逢少。」

厥初[1]

厥初識子
出巷入隘[2]
歲月匍匐
綢繆旦夕[3]
以就口食
即之字文[4]
實發實秀

---

1 見〈大雅・生民〉等。

2 厥，其、那。隘，狹小之地。〈左傳・昭公三年〉：「子之宅近市，湫隘囂塵，不可以居。」左思〈魏都賦〉：「閒居隘巷，室邇心遐。」

3 匍匐，顛沛。綢繆，情意殷切。李陵〈與蘇武詩〉之二：「獨有盈觴酒，與子結綢繆。」

4 以就兩句，言以文字而把口食求。

5 發，抽穗發芽。秀，吐穗開花。負，背扛。任，肩挑。

是負是任[5]
眷言顧之
倜儻生采[6]
陰泄氿泉
無浸良材[7]
爾雖小子
來日棟宰[8]

6 眷言，回顧貌。夏完淳〈六君詠〉：「眷言從彭咸，乘風駕縹緲。」倜儻，卓異也。司馬遷〈報任安書〉：「古者富貴而名磨滅，不可勝紀，惟倜儻非常之人稱焉。」

7 氿（ㄍㄨˇㄟ）泉，水流狹長，《毛傳》：「側出曰氿泉。」無浸，無使浸漬。

8 棟宰，重要之士也。袁宏〈三國名臣序贊〉：「釋褐中林，郁為時棟。」韓愈〈送幽州李端公序〉：「公天子之宰，禮不可如是。」

瞻烏[1]

瞻烏爰止
于誰之楫[2]
民多莠言
亦孔之烈[3]
高天厚地
敢不局蹐[4]
維號斯言

1見〈小雅・正月〉。

2瞻，視也。爰，何處。楫，船。溫庭筠〈蘭塘詞〉：「塘水汪汪鳧唼喋，憶上江南木蘭楫。」

3莠，醜、惡也。孔，甚也。烈，威也。歐陽修〈秋聲賦〉：「其所以摧敗零落者，乃一氣之餘烈。」

4高天厚地，言天高地厚，喻歲月長久而深遠。局，通「跼」，彎曲。蹐，小步走。《鄭箋》：「局蹐者，天高而有雷霆，地厚也有陷淪也。」黃遵憲〈海行雜感〉之三：「寸

胡謂倫迹[5]
嗟今之人
遑遑虺蜴[6]
潛鱗西洋
亦匪克恤[7]
往蹇來連
劫後生劫[8]

天尺地雖局蹐，盡容稊米一微身。」〈後漢書・仲長統傳〉：「當君子困賤之時，跼高天，蹐厚地，猶恐有鎮壓之禍也。」

5 維，只有。號，疾呼。倫，道、理，順其理也。《論語》：「欲結其身，而亂大倫。」迹，同「脊」，理也。

6 遑遑，驚恐無寧。陶潛〈歸去來兮辭〉：「曷不委心任去留，胡為乎遑遑欲何之？」虺（ㄏㄨㄟˇ）蜴，毒螫之蟲也。《集傳》：「嗟歎今胡為肆毒以害人而使之至此乎？」

7 潛鱗，魚也。王粲〈贈蔡子篤〉：「潛鱗在淵，歸雁載軒。」杜甫〈上後園山腳〉：「潛鱗恨水壯，去翼依雲深。」匪，非。克，能。恤，願念。嵇康〈太師箴〉：「至人重身，棄而不恤。」

8 往蹇來連語見〈易・蹇〉。王弼注：「往來皆難，故曰往蹇來連。」蹇，困厄。《漢書》：「紛屯亶與蹇連兮，何艱多而智寡。」白居易〈哭王質夫〉：「出身既蹇連，生也仍須臾。」劫，大難。庾信〈哀江南賦〉：「設重雲之講，開士林之學，談劫燼之灰飛，辨常星之夜落。」

桃之[1]

桃之夭夭
灼灼其華[2]
之子怗歸
高明之家[3]
桃之夭夭
其葉蓁蓁[4]
之子怗歸

---

1 見〈周南・桃夭〉。

2 夭，草木初生。灼，紅豔鮮明。《集傳》：「夭夭，少好之貌。灼灼，華之盛也。木少則華盛。」

3 之子，是子也。怗，依恃。歸，出嫁。高明之家，富貴滿盈之所。揚雄〈解嘲〉：「高明之家，鬼瞰其室。」

4 蓁蓁，繁美。《毛傳》：「至盛貌。」

5 僾，隱約貌。俙（ㄒㄧ），感動貌。飆，同「天」。

6 蕡蕡（ㄈㄣˊ），果實之貌。《集傳》：「實之盛

僾俙飄神[5]
桃之夭夭
其實蕡蕡[6]
之子怙歸
百弛具振
啖桃頭白
白頭如新[7]

也。」

7白頭如新，謂相交雖久而不知己。《漢書》：「白頭如新，傾蓋如故。」胡鳴玉：「謂不相知者，雖頭白如新識；相知者，雖傾蓋問如舊識也。」

汜彼[1]

汜彼南海
言見潰溷[2]
赫赫赤宸
民具爾傾[3]
鞠汹大戾
式捐斯土[4]
逆心如惔

---

1 見〈小雅・節南山〉。

2 汜（ㄙˋ），江水分流後又匯合。謝惠連〈西陵遇風獻康樂〉：「曲汜薄停旅，通川絕行舟。」溷（ㄏㄨㄣˋ），污濁，污物。

3 宸，北極星所居，帝王之代稱。民具爾傾，即民具傾爾，具，通「俱」，傾，臣服。

4 鞠，窮，極。訩，凶咎，禍亂。式，用也。捐，同「月」。

5 惔，通「炎」，火燒。徒，徒眾。〈書・仲虺之誥〉：「簡賢附勢，寔繁有徒。」

徒噪蕣聞[5]
亂靡有定
事在戓宸[6]
誰秉國成
君子威臨[7]
制克為政
先智懿引[8]

---

5 蕣，田間雜草，生禾粟下，似禾非禾，秀而不實。〈書・仲虺之誥〉：「若畝之有蕣，若粟之有秕。」

6 靡，無也。定，止也。戓，同「勘」，伐也。

7 秉，主持。〈漢書・孫光傳〉：「君秉社稷之重，總百僚之任。」〈國語・晉語〉：「濟且秉成，必霸諸侯。」君子，貴族男子。威，尊。

8 懿，美，美德。班固〈幽通賦〉：「懿前烈之純淑兮，窮與達其必濟。」顧炎武〈贈孫徵君奇逢〉：「微言垂舊學，懿德本先民。」

逞飛[1]

耿耿不寐
雧有隱憂[2]
我心匪鑒
不茹傝㑺[3]
展我甥兮
不可以據[4]
我心如席

---

1 見〈邶風・柏舟〉等。

2 耿耿，憂慮不安貌。雧，同「集」。〈楚辭・離騷〉：「製芰荷以為衣兮，雧芙蓉以為裳。」隱，病也。

3 鑒，鏡。《毛傳》：「所以察形也。」茹，容納。《毛傳》：「度也。」《集傳》：「言我心既非鑒而不能度物。」傝㑺（ㄊㄚˋㄙㄚˋ），出息，能耐，多與否定詞連用。

4 展，誠也。據，依賴。

5 挾，懷藏。

6 棣棣（ㄉㄧˋ），雍容嫻

卷而挾也[5]
威儀棣棣
不可選也[6]
覯閔既多
胡迭而厲[7]
靜言訣絕
獨翼逞飛[8]

雅。《集傳》：「棣棣，富而閑習之貌。威儀無一不善，又不可得而簡擇取捨。」選，擇捨。

7 覯，遭遇。閔，憂患。胡，為何。迭，交替。

8 靜言，仔細地。陶潛〈榮木〉：「靜言孔念，中心悵而。」訣絕，長別。何景明〈贈望之〉之一：「德人重行義，志士輕訣絕。」逞，快意，稱願。

七月[1]

七月授衣
九月流火[2]
四月秀葽
五月捕蜩[3]
八月萑葦
六月食薁[4]
九月肅霜

---

1 見〈豳風・七月〉。

2 七月，豳曆與夏曆同。授衣，裁製冬衣之事交授於人。流，向下移動。火，星名，心宿二，又名大火。

3 四月兩句，《集傳》：「不榮而實曰秀。葽，草名。蜩，蟬也。」按：豳地晚寒，三月而華，四月而秀。

4 萑（ㄏㄨㄢˊ）葦，蘆葦無穗曰蒹，有穗而萑。薁（ㄩˋ），藤本，山葡萄。

5 九月四句，《集傳》：「肅霜，氣肅而霜降也。

圍爐侑觴
十月滌場
朋酒斯饗[5]
眴我良孺
良孺傞嘻[6]
沁沁有寄
萬事臻至[7]

滌場者，農事畢而掃場地也。兩尊（酒）曰朋，鄉飲酒之禮，兩尊壺於房戶問是也。」《毛傳》：「饗者，鄉人飲酒也。」王國維：「肅霜、滌場皆互為雙節，謂九月之氣清高顥白而已，至十月萬物搖落無餘矣。」侑觴（ㄧㄡˋㄕㄤ），勸酒助興。何景明〈白菊賦〉：「乃陳秋卉以侑觴，冀逸興之可貸。」

6 眴（ㄒㄩㄢˋ），視也。〈楚辭・懷沙〉：「眴兮杳杳，孔靜幽默。」龔自珍〈紀遊〉：「溫溫懷肯忘，嗳嗳眴靡及。」傞（ㄙㄨㄛ）嘻，露齦而笑。

7 沁，滲透。臻至，達到極點。

楨楨[1]

楨楨有梅
其實桼桼[2]
子儀暨暨
子止于于
子禮施施[3]
滿堂美人
獨與目成[4]

---

1 見〈召南・摽有梅〉等。

2 楨，女貞，取其葉冬不凋。左思〈吳都賦〉：「木則楓柙櫲樟，栟櫚枸桹，綿杬杶櫨，文欀楨橿。」按：楨楨取其形音之美以現梅之形態。又如王維「木末芙蓉花」，花從枝簡葉繁中漸次展開。桼桼，重積貌，眾多貌。

3 暨暨，果斷剛毅貌。〈禮記・玉藻〉：「戎容暨暨，言容絡絡。」止，容止，儀容。〈鄘風・相鼠〉：「人而無止，不死何俟？」于于，自得貌。〈莊子・應帝王〉：

存之淹昔
懷之渴即
不來何迎
不來何贈
迨其吉兮
迨其今兮
迨其謂之[5]

「秦氏其臥徐徐，其覺于于。」何景明〈霍山辭〉：「視其體腴然，其度于于然。」施施，舒行伺閑。〈王風・丘中有麻〉：「彼留子嗟，將其來施施。」柳宗元〈始得西山宴遊記〉：「施施而行，漫漫而遊。」

4 滿堂兩句語出〈楚辭・少司命〉。《集注》：「言美人並會，盈滿於堂，而司命獨與我睨而相視，以成親好。」王闓運〈吊舊賦〉：「申禮防其必峻，詎目成之汝貽。」

5 迨（ㄉㄞˋ），及也。謂之，相語而約。《通釋》：「仲春令會男女，以謂之為會之之假借。」

曰歸[1]

曰歸曰歸
歲亦陽止[2]
我戍未定
靡使歸聘[3]
仰彼維何
棠棣之葩[4]
俯路斯去

---

1 見〈小雅・采薇〉。

2 陽，陰曆十月。止，語詞。曰歸西句，《集傳》：「戍事未已，則無人可使歸而問其室家之安否也。」

3 使，使者。聘，探問。

4 仰彼維何，言抬頭仰望那是什麼。葩，華美。韓愈〈進學解〉：「《春秋》謹嚴；《左氏》浮誇；《易》奇而法；《詩》正而葩。」

5 俯路斯去，言俯身看那高車行往何處。道藝，學與技。〈周禮・地官〉：

道藝之家[5]
君子所依
小人所腓[6]
二牡騤騤
象弭魚服[7]
二牡翼翼
豈不曰戒[8]

「正月之吉……使各以教其所治，以考其德行，察其道藝。」

6 依，乘戰車而立於其上。腓，隱蔽。

7 牡，駕車之雄馬。騤騤（ㄎㄨㄟˊ），馬對稱排列，行而有儀。象弭，象牙鑲飾的弓。魚服，魚皮所製箭囊。

8 翼翼，狀兵馬之壯盛。〈小雅・采芑〉：「四騏翼翼，路車有奭。」戒，防備，《鄭箋》：「警敕軍事也。言君豈不日相警戒乎？」

允荒[1]

僩子稽[2]
攸切攸磋
攸琢攸磨[3]
思輯同光
以期張揚
爰方始行[4]
僩子稽

---

1 見〈大雅・公劉〉等。

2 僩（ㄒㄧˋㄢ），美好，寬裕貌。《集傳》：「威嚴貌。」稽，人名。

3 攸切兩句，《毛傳》：「治（雕琢）骨曰切，象曰磋，玉曰琢，石曰磨。」攸，所。

4 思，語詞。輯，和睦。爰，於是。方，開始。

5 陟（ˋㄓ）降，升降上下也。《通釋》：「《詩》、《書》於無人之際多言生降。」

6 霒，同「陰。」《禮記》：「生民有黔陽。」所居允

覽彼陌阡
瞻彼堂殿
陟則在巔
后降在田[5]
遡其連源
度其霒陽
所居允荒[6]

荒，言居於此益大矣。《集傳》：「允，信。荒，大也。」

春申

陟彼春申
言溫其偲[1]
伾伾此子
朝夕從趾[2]
瑳兮瑳兮
其之展也[3]
切膚之驩

---

1 偲（ㄙㄞ），才也。〈齊風・盧令〉：「盧重鋂，其人美且偲。」

2 伾伾（ㄆㄧ），疾行有力貌。〈魯頌・駉〉：「有騂有騏，以車伾伾。」趾，蹤跡。皇甫謐〈高士傳・梁鴻〉：「仰頌逸民，庶追芳趾。」

3 瑳（ㄘㄨㄛ），玉色明豔貌，展，禮服。瑳兮兩句語出〈鄘風・君子偕老〉。《集傳》：「展衣者，以禮見於君及見賓客之服也。」

4 驩，同「歡」。繾綣，情深而難捨。薛用弱《集異

切齒綣繾[4]
淪肌浹髓
此子獨賢[5]
水涯山巔
清辯綺采[6]
玉榻牙床
凌轢琅湯[7]

記》：「夜闌就寢，備極綣繾。」

5 淪肌浹髓，喻程度之深。〈淮南子・原道訓〉：「不浸於肌膚，不浹於骨髓。」朱熹〈與芮國器書〉：「以雄深敏妙之文，煽其傾危變幻之習，以故其毒者，淪肌浹髓而不自知。」賢，美善。

6 清辯，清晰明辯。《後漢書》：「言辭清辯，旨甚酸哀。」《世說新語》：「議論清辯，有縱橫才。」

7 凌轢，欺壓，壓倒。《晏子春秋》：「足走千里，手裂兕虎，任之以力，凌轢天下。」曹植〈七啟〉：「皆遊心無方，抗志雲際，凌轢諸侯，驅馳當世。」琅，浪也。湯，蕩也。《管子》：「以琅湯凌轢人，人之敗也常自比。」

南田[1]

南田多稼
既種既戒[2]
既備乃事
以我覃耜[3]
俶載南畝
播厥道穀[4]
既庭且碩

1見〈小雅・大田〉。

2稼，耕種。種，動詞，選種。戒，準備（農具）。

3覃，通「剡」（ㄧㄢˇ），鋒利。耜（ㄙˋ），古農具，似犁鏵。南田四句，《集傳》：「田大而種多，故於今歲之冬，具來歲之種戒，來歲之事，凡既備矣，然後事之，取其利耜而始之於南畝，既耕而播之。」

4俶，開始。載，從事。厥，此。

5庭，通「挺」，直生向上。碩，大。若，順也。

稱孫是若[5]
孫亦來止
饗彼南畝[6]
以其騂黑
庭兮碩兮[7]
以禋以祀
以介福祉[8]

俶載兩句，《集傳》：「其耕之也勤，而種之也時，故其生者皆直而大，以順曾孫之所欲。」

6 饗，宴享。

7 騂（ㄒㄧㄣ），赤黃色牲牛。黑，黑色牲羊豕。

8 禋，升煙以祭。介，賜予。

如響[1]

偕偕仲子
朝夕溶漾[2]
棲遲偃仰[3]
斐亹成章[4]
宴宴居息
出入轀輬[5]
愬來興至

1 見〈小雅‧北山〉等。

2 偕偕，強壯貌。仲子，兄弟行二。溶漾，水波蕩漾貌，比喻情感。杜牧〈漢江〉：「溶溶漾漾白鷗飛，綠淨春深好染衣。」張先〈剪牡丹〉：「野綠連空，天青垂水，素色溶漾都淨。」

3 棲遲，遊息。袁宏《後漢記》：「棲遲刀筆之間，豈以為嫌，勢誠然也。」偃仰，仰臥。安居。

4 斐亹（ㄨㄟˇ），文采絢麗貌。孫綽〈遊天台山賦〉：「彤雲斐亹以翼櫺，皦日炯晃於綺疏。」

油油荒荒[6]
維天有漢
鮮我方將[7]
醍醐在頂
醍醐在肓[8]
泥泥雍雍
仲子如響[9]

葛立方《韻語陽秋》：「名字巍峩先蕊榜，詞章斐亹動文奎。」

5 宴宴，通「燕燕」，樂也。居息，閒住於家。輼輬（ㄨㄣ　ㄌㄧㄤˊ），古代臥車，有窗牖，帷幔閉之則溫，開之則涼。〈楚辭・招魂〉：「軒輬即低，步騎羅些。」

6 ⿱貍心（ㄇㄞˊ），聰慧。油油，憂思貌。鄒紹先〈湘夫人〉：「日落水雲裡，油油心自傷。」荒荒，迷茫貌。杜甫〈漫成〉之一：「野日荒荒白，春流泯泯清。」

7 漢，銀河。鮮，稱美。《鄭箋》：「鮮，善也。善我方壯乎。」

8 肓，心臟與膈膜之間。按：在頂在肓，喻智慧灌輸於人，使人徹悟。

9 泥泥，柔潤茂盛貌。《毛傳》：「葉初生泥泥然。」雍雍，聲音和諧貌。葉適〈北齋〉之一：「友朋坐雍雍，燕雀鳴草草。」〈禮記・少儀〉：「鸞和之美，肅肅雍雍。」響，回聲。〈易・繫辭上〉：「其受命也如響。」按：影響者，若影之隨形，響之應聲。

霧豹

霧豹其藏
澤麗文章[1]
誰從公木
劍履趪趪[2]
竫立安姿
珉玉旁唐[3]
厥睾如也

1 霧豹，指隱居伏處，退藏避害之人。劉向《列女傳》：「玄豹霧雨七日而不下食者，欲以澤其毛而成文章也。」

2 趪趪（ㄏㄨㄤˊ），武猛貌。張衡〈西京賦〉：「洪鐘萬鈞，猛虡趪趪。」

3 竫（ㄐㄧㄥˋ），靜。〈呂氏春秋・貴因〉：「秦越，遠途也，竫立安坐而至者，因其械也。」珉玉，似玉的美石。〈漢書・司馬相如傳〉：「珉玉旁唐，玢豳文磷。」陸游〈書歎〉：「世方亂珉玉，吾其老江湖。」旁

自望其廣[4]
辛盤既撤
投抱偉遑[5]
玉頤轉側
靈根韲韲[6]
仁霑恩洽[7]
馳逐冥霐[8]

唐，彩紋石。

4 睪如，高貌。〈孔子家語・困誓〉：「自望其廣，則睪如也。」

5 辛盤，正月初一，以蔥韭等五味供以迎新。吳文英〈解語花〉：「還斗辛盤蔥翠，念青絲牽恨，曾試纖指。」偉遑，失措驚慌貌。王逸〈九思・逢尤〉：「遽偉遑兮驅林澤，步屏營兮行丘阿。」

6 頤，下頷，韓愈〈送侯參謀赴河中幕〉：「君頤始生鬚，我齒清如冰，爾時心氣壯，百事俱己能。」靈根，神木之根，喻性靈。孫拯〈贈陸士龍〉：「制動以靜，祕景在陰，靈根可棲，樂此隈岑。」韲

⿰骨重（ㄓㄨㄥ），人體氣血運行。

7 仁沾恩洽，四字詞義交疊而融通。董仲舒《春秋繁露》：「親近來遠，同民所欲，則仁恩達矣。」〈周書・晉蕩公護傳〉：「霈然之恩，既以沾洽，愛敬之至，施及旁人。」王儉〈褚淵碑文〉：「仁洽兼濟，愛深善誘。」楊炯〈奉和應詔〉：「仰德還符日，沾恩更似春。」

8 馳逐，驅馳追逐。〈漢書・藝文志〉：「進彌以馳逐，故幼童而守一藝，白首而後能言。」

泓（ㄏㄨㄥˊ），幽深貌。

多揭[1]

申江洋洋
吳流活活[2]
魷鮪發發
瑤柱揭揭[3]
春王正月
赤鳳來儀[4]
彪領燕頷

---

1 見〈衛風・碩人〉等。

2 洋洋，盛大貌。活活，水流聲。

3 鮪，鱘魚。發發，魚尾擺動之聲。瑤柱，玉飾的琴柱。李邕〈春賦〉：「戛瑤柱以緪瑟，引金罍而浮樽。」揭揭，高而長貌。

4 春王，以《春秋》體例，魯定公元年六月即位，後遂以春王指代正月。赤鳳，傳說中的神鳥。庾信〈道士步虛詞〉：「赤鳳來銜璽，青鳥入獻書。」

5 彪，虎也。領，頸也。〈後漢書・班超傳〉：

豐唇方頤[5]
脈脈薦兮
睠睠餳兮[6]
靖共爾位
歃血是與[7]
鑣鑣孽孽
此子多竭[8]

「生燕頷虎頸，飛而食肉，此萬里侯相也。」陳子昂〈陳公墓誌銘〉：「公河目海口，燕頷虎頭，性英雄而志尚元默。」方頤，方形的面頰，古人以為貴相。〈南史・梁紀下〉：「尊嚴若神，方頤豐下，鬚鬢如畫。」

6 脈脈，凝視貌。〈古詩十九首〉：「盈盈一水間，脈脈不得語。」薦，獻也。睠睠，勤厚之意。〈小雅・小旻〉：「念彼共人，睠睠懷顧。」餳（ㄒㄧㄥˊ），眼神凝滯。龔自珍〈長相思〉：「好夢如雲不自由，喚人餳倦眸。」

7 靖，敬。共，通「恭」。

位，職位。歃血，盟會之儀式，微吸牲血以示誠意。

8 鑣鑣，馬飾盛美。孽孽，衣飾華貴。朅（ㄑㄧㄝˋ），雄壯高大。

157　多揭

如英[1]

彼淇之子
美如英
美無度[2]
猗嗟孌兮
猗嗟昌兮[3]
頎且長兮
清揚婉兮[4]

1見〈齊風・猗嗟〉。
2英，如花似玉。度，限度。
3猗嗟，嘆美之詞。昌，美盛。
4清，目之美也。揚，眉之美也。
5選，異於眾而齊樂善舞。按：射箭前必舞，謂之興舞。目成，眉目傳情以結親好。皇甫冉〈見諸姬學玉臺體〉：「傳杯見目成，結帶明心許。」
6抑，通「懿」。揚，目動眉飛婉然之美也。《集傳》：「抑而若揚，美之

舞則選兮
目既成兮[5]
乃入我懷
抑若揚兮[6]
巧趨蹌兮
射則臧兮[7]
彼淇之子

盛也。」

7趨蹌（ㄑㄧㄤ），快步合拍貌。臧，善，准。

胡葌[1]

之子陽陽
左執簧[2]
右招我由房
其樂只且[3]
之子陶陶
左執翿
右招我由敖[4]

1 見〈王風・君子陽陽〉。

2 陽陽，通「揚揚」。《集傳》：「得志之貌。」簧，笙竽發聲的薄片，故笙竽皆謂簧。

3 由房，人君燕息所奏之樂。一說為遊放，遊戲。只且，語詞。

4 陶陶，和樂貌。翿（ㄉㄠˋ），以五色野雞毛所製扇形舞具。敖，燕舞式，《鄭箋》：「右手招我，欲使我從於燕舞之位。」

5 傞傞，醉舞不止。佽（ㄘˋ），比次，以次序擺好。

6 挹，酌酒。觿（ㄒㄧ）、韘

其樂只且
之子傞傞
佽之卸[5]
左右而中挹
去觿去韘[6]
容兮遂兮
胡荽其息[7]

（ㄕㄜˋ），解結錐與板指，泛指佩戴的骨製飾物。

7 容，遂，皆舒緩放肆之貌。胡荽，即芫荽。

烏鎮[1]

遵彼烏鎮
循其條枚[2]
未見故庥[3]
惄如輖飢[4]
遵彼烏鎮
迴其條肄[5]
既見舊里

---

1 見〈周南・汝墳〉。

2 遵，循也。條，枝條。枚，樹幹。

3 庥，樹蔭，庇護。按：樹木綿連以喻故里。江淹〈別賦〉：「視喬木兮故里，決北梁兮永辭。」陳基〈秋懷〉：「落葉辭故枝，驚鴻亦飄忽。」杜甫〈江亭〉：「故林歸未得，排悶強裁詩。」

4 惄（ㄋㄧˋ），飢意，苦苦思念。輖（ㄓㄡ），即「調」，早晨。

5 迴，環繞。姜晞〈龍池篇〉：「靈沼縈迴邸第

不我遐棄[6]
積雪御喪
邸廩如燬[7]
雖則如燬
吉黃片羽[8]
振振公子
于嗟麟兮[9]

前，浴日涵春寫曙天。」
肄（ㄧˋ），通「蘖」。《毛傳》：「餘也，斬而復生曰肄。」

6不我遐棄，即不遐棄我。遐，疏遠。

7御，穿戴，佩帶。燬，火，即烈火焚燒。

8吉黃片羽，神獸吉光之一羽。〈海內十洲記〉：「吉光毛裘，黃色，蓋神馬之類也。」曹寅〈題胡彭夫藏僧漸江畫〉：「吉光片羽休輕覷，曾敵梁園玉畫叉。」

9振振，容儀之盛，仁厚貌。麟，麒麟，鹿身、牛尾、馬蹄、獨角、披鱗之靈獸。

懷里[1]

我徂北美
慆慆十載[2]
我來自東
零雨其濛[3]
我西曰歸
腧心東悲[4]
蜎蜎者蠋

1見〈豳風・東山〉。

2徂（ㄘㄨˊ），往。慆慆（ㄊㄠ），時光逝去。《毛傳》：「言久也。」

3零雨，慢而細的雨零落而下。陸游〈春晚簡陳魯山〉：「向來苦摧傷，零雨雜飛霰。」

4腧（ㄕㄨˋ），針穴。腧心喻椎心之痛。

5蜎蜎（ㄩㄢ），幼蟲蜷曲貌。蠋（ㄓㄨˊ），桑蟲似蠶者也。烝，語詞。

6敦，蜷縮一團，獨處不移之貌。車，兵車。

7伊威，壁根甕底土蟲。蠨

烝在桑野[5]
敦彼獨宿
亦在車下[6]
伊威在室
蠨蛸在戶[7]
不我畏也
里可懷也

蛸（ㄒㄧㄠ ㄕㄠ），長腳小蜘蛛。

載陽[1]

春日載陽
有鳴倉庚[2]
遵彼微行
爰求惝怳[3]
春日遲遲
野繁祁祁[4]
同心至喜

---

1 見〈豳風・七月〉。

2 載，始也。陽，溫和。倉庚，黃鸝。

3 微行，牆下小徑。惝怳（ㄔㄤˇ ㄏㄨㄤˇ），惆悵。〈楚辭・遠遊〉：「步徙倚而遙思兮，怊惝怳而乖懷。」皇甫枚〈步飛煙〉：「惝怳寸心，書其能盡。」

4 遲遲，舒緩貌。《集傳》：「日長而暄也。」繁，白蒿。祁祁，眾多貌。

5 同心，情意投合。〈孟子・告子上〉：「欲貴者，人之同心也。」梅堯

為孌子饗[5]
適彼茸茵
覆彼柔桑[6]
欨欨載款
載玄載黃[7]
我朱孔陽
為孌子嘗[8]

臣〈芍藥〉：「萬絲必同心，千葉必同萼。」饗，宴飲。

6 茸，草初生細軟貌。韓愈、孟郊〈有所思聯句〉：「台鏡晦舊暉，庭草滋新茸。」柔桑，萌芽的嫩桑。杜甫〈絕句漫興〉之八：「舍西柔桑葉可拈，江畔細麥復纖纖。」按：茸茵覆柔桑，春意寫盡。

7 欨欨（ㄒㄩ），和悅貌。載，語詞。款，投合，融洽。宋武帝〈七夕〉：「愛聚雙情款，念離兩心傷。」玄，赤黑色。玄、黃與下句朱字，皆為動詞，染色。

8 孔，很，甚。陽，鮮明。嘗，品味。

常棣[1]

常棣之華
鄂不韡韡
凡今之人
莫如良弟[2]
死喪之威
兄弟孔懷[3]
鶺鴒在原

---

1 見〈小雅・常棣〉。

2 常棣，亦作棠棣、唐棣，薔薇科落葉灌木，花粉或白，果可食。鄂，通「萼」。《鄭箋》：「承華者曰鄂。鄂是得華之光明，則韡韡然盛。」不，通「柎」（ㄈㄨ），萼足。韡（ㄨㄟˇ），鮮明茂盛貌。按：鄂承華而韡韡然，如良弟之相隨。

3 孔懷，十分思念。

4 鶺鴒，水鳥也。《集傳》：「脊令飛則鳴，行則搖，有急難之意，故以起興。」

人誰急難[4]
每有良弟
況也烝戎[5]
藏情于淵
美厥靈根[6]
兄弟既翕
如鼓琴瑟[7]

---

5 況，語詞。烝，終久。戎，幫助。

6 靈根，指才德修養。揚雄〈太玄・養〉：「藏心於淵，美厥靈根。」

7 翕（ㄒㄧˋ），合也。鼓琴瑟，喻情感融洽。

三捷[1]

歲亦莫止
靡室靡家[2]
玁狁之罪
不遑啟居[3]
昔我往矣
楊柳依依
今我來思

---

1 見〈小雅・采薇〉。

2 歲亦莫止，一年將盡矣。莫，暮。靡，無。

3 玁狁（ㄒㄧㄢˇ ㄩㄣˇ），北族，春秋稱狄，戰國秦漢稱匈奴。遑，閒暇。啟，跪坐。居，安居。

4 昔我四句，何楷《古義》：「依依者，初抽條時，嫋嫋不定，如欲依倚他物也。」思，語詞。雨（ㄩˋ），落雨、雪。霏霏，雨雪甚貌，陳子展《詩經直解》：「此《詩》句，歷漢、魏、南朝至唐，屢見詩人追摩，而終弗逮。」

雨雪霏霏[4]
彼薾斯何
棠棣之華
彼輅斯何[5]
擁子在車
豈敢定居
一月三捷

---

5 薾，花盛開貌。斯，為。輅（ㄌㄨˋ），高大的戎車。

斯恩[1]

彼風發兮
彼機偈兮
顧瞻雲路
中心怛兮[2]
彼風飄兮
彼機嘌兮
顧瞻雲路

---

1 見〈檜風・匪風〉。

2 發，飄揚貌。偈，疾驅貌。怛（ㄉㄚˊ），痛苦，悲傷。

3 飄，風迴旋貌。嘌（ㄆㄧㄠ），飄搖不安貌。吊，憐憫，傷痛。

4 懷之，使之懷（揣）。好音，平安的消息。

5 慆慆二句，〈豳風・東山〉：「我徂東山，慆慆不歸。」《毛傳》：「慆慆，言久也。」〈豳風・鴟鴞〉：「恩斯勤斯，鬻子之閔斯。」《集傳》：「恩，情愛也。勤，篤厚也。」

中心吊兮[3]
我能烹魚
饋之嘉醇
將誰東歸
懷之好音[4]
惂惂難盡
斯勤斯恩[5]

無寄[1]

陟彼岵兮
瞻望國兮[2]
士之行役
夙夜無已
上慎旃哉
猶來無止
陟彼屺兮

1見〈魏風・陟岵〉。

2陟，升，登。岵（ㄏㄨˋ），草木蔥蘢之山。瞻望，遠望。劉禹錫〈有僧言〉：「夜宿最高峰，瞻望浩無鄰。」

3屺（ㄑㄧˇ），山無草木。偕，俱，力行不倦也。

瞻望弟兮
兄之行役
夙夜必偕[3]
上慎旃哉
猶來無棄
陟岵陟屺
猶來無寄

昔我[1]

昔我往矣
黍稷方華
今我來思
雨雪載塗[2]
王事多難
不遑啟居
豈不懷歸

---

1 見〈小雅・出車〉。

2 方，正值。華，茂盛。雨雪，雨與雪，與黍稷對文。塗，通「途」。《集傳》：「塗，凍釋而泥塗也。」

3 不遑啟居，無暇安坐。遑，空閒。啟，跪坐。居，住。箴，文體一種。〈文心雕龍・銘箴〉：「箴者，所以攻疾防患。」姚華《論文後編》：「功德之辭，施於不朽者，其文曰銘；俾志不忘，故兼警戒。其以垂戒名者，惟箴專之。」

4 悢悢（ㄌㄧˋㄤ），悵悲。

為布箴書[3]
未見仲子
我心悢悢
既見仲子
我心則降[4]
王事多勞
薄伐西戎[5]

李陵〈與蘇武〉之三：「徘徊蹊路側，悢悢不得辭。」嵇康〈與山巨源絕交書〉：「顧以悢悢，如何可言。」降，放下，悅服。

5 薄，語詞。

趪趪[1]

夜如何其
夜未央
庭燎之光[2]
夜如何其
夜未艾
庭燎晣晣[3]
夜如何其

---

1 見〈小雅・庭燎〉。

2 如何，什麼時辰。其，語詞。央，盡。庭燎，宮廷中燃起的火炬。

3 艾，止。晣晣（ㄒㄧ），光亮貌。

4 鄉晨，近曉也。輝，火氣也，天欲明而見其煙光相雜也。

5 淇奧形德，〈淇奧〉篇美武公之德。

夜鄉晨

庭燎有輝[4]

切如磋如

琢如磨如

灌如醍醐

淇奧形德[5]

趲趲肺腑

三星[1]

三星在天
綢繆展衾[2]
今夕何夕
郁此良人[3]
子兮子兮
如此良人何
三星在隅[4]

1見〈唐風・綢繆〉。
2三星，心星。《毛傳》：「三星在天，可以嫁娶矣。」《集傳》：「在天，昏始見於東方。」綢繆，纏綿。衾，被。
3郁，通「燠」（ㄩˋ），溫暖。
4隅，東南隅也。《集傳》：「昏見之星至此，則夜久矣。」
5脡，乾肉，喻肌肉緊滿。脯，胸脯。眩目，耀眼。酈道元〈水經注・谷水〉：「霜文翠照，光明眩目。」

綢繆展扣
脡脯眩目[5]
清婉無垢[6]
子兮子兮
如此清婉何
玉膏沸沸[7]
如此良辰何

---

6 清婉，清新美好。〈世說新語・賞譽下〉：「風恬月朗，辭寄清婉。」無垢，佛語，清淨無染也。陸贄〈月臨鏡湖賦〉：「至明洞幽，至清無垢。」

7 玉膏，喻美酒。蘇軾〈次韻趙令鑠惠酒〉：「坐待玉膏流，千載真旦暮。」沸沸，湧貌。

篤公[1]

篤公木
于胥斯子[2]
既酒既言
乃順乃宣[3]
陟則靈巘
後降膚原[4]
篤公木

---

1 見〈大雅・公劉〉。

2 篤，厚也。胥，察看。

3 乃，於是。順，安泰。宣，周遍。《集傳》：「言居之者遍也，無永歎，得其所，不思舊也。」

4 陟，升。降，下。陟降謂上下巡覽。巘（ㄧㄢˇ），山頂。膚，美，肌肉。〈孟子・告子上〉：「無尺寸之膚不愛焉，則無尺寸之膚不養也。」

5 京，高丘。溥，廣也。《集傳》：「言其芟夷墾辟，土地既廣且長也。」景，測度日景（影）以正

于京斯子
既溥既長
乃景乃岡[5]
觀其流泉
度其夕陽[6]
維玉及瑤
鞞琫容刀[7]

四方。岡，登高以望。

6 夕陽，山的西面。《毛傳》：「山西曰夕陽。」

7 維玉兩句，《傳疏》：「雜佩集玉石為之，維玉及瑤，言有玉與石也。」《集傳》：「鞞（ㄅㄧˇ），刀鞘也。琫（ㄅㄥˇ），刀上飾也。容刀，謂鞞琫之中，容此刀也。」

中露[1]

式微
式微
胡不歸
微君之故
胡為乎中露[2]
式微
式微

1見〈邶風・式微〉等。

2式微五句，《集傳》：「式，發語辭。微，猶衰也。再言之者，言衰之甚也。微，猶非也。中露，露中也。言有沾濡之辱，而無所芘覆也。」胡為，為何。乎，於。

3躬，親身。泥中，有陷溺之難。

4袒裼（ㄊㄢˇ ㄒㄧˊ），赤膊。跂，通「企」，踮起腳跟。〈衛風・河廣〉：「誰謂宋遠，跂予望之」。

5游龍，龍遊。何景明〈望

胡不歸
微君之躬
胡為乎泥中[3]
微君襢裼
胡以解跂切[4]
微君游龍
胡以療心瘥[5]

郭西諸峰〉：「遊龍戢淵鱗，翔鷺振雲翮。」瘥，哀病。

不如[1]

嗟我于役
不日不月[2]
曷其有佸
雞棲于塒[3]
日之夕矣
羊牛下來[4]
嗟我行役

1見〈王風・君子于役〉。

2不日不月，無日無月，極言時間久長。

3有，同「又」。佸（ㄏㄨㄛˊ），相會。塒（ㄕˊ），雞窩，鑿牆而棲曰塒。

4日之兩句，《集傳》：「行役之久，不可計以日月，而又不知其何時可以來會也，雞則棲於塒矣，日則夕矣，羊牛則下來矣，是則畜產出入，尚有旦暮之節，而行役之君子乃無休息之時。」

5燊（ㄕㄣ），熾盛。燴，

匪無勿思
中心如噎
中心如搗
燊燊燔燔
如摧如族
日之夕矣
不如羊牛

燒焦。摧，哀傷。蘇武〈詩〉之二：「長歌正激烈，中心愴以摧」。族，滅。

蟋蟀[1]

蟋蟀在野
日月其邁[2]
職思其居
好樂無歧[3]
蟋蟀在堂
歲聿其逝
職思其外

---

1 見〈唐風・蟋蟀〉等。

2 邁，時光消逝。

3 職，主。居，所居之事，過去與未來之事。歧，歧路。鮑照〈舞鶴賦〉：「指會規翔，臨歧矩步。」

4 聿，語詞。曠，荒廢。〈呂氏春秋・無義〉：「以義助則無曠事矣。」

5 瞿瞿（ㄐㄩˋ），謹慎貌。《毛傳》：「瞿瞿然，顧禮義也。」蹶蹶（ㄍㄨㄟˋ），勤敏貌。《毛傳》：「動而敏於事也。」無已大康，言不可過於樂也。

好樂無曠[4]
瞿瞿蹶蹶
無已大康[5]
寄言遠國
良孺待匡[6]
是究是圖
亶其然乎[7]

6 遠國，遠方的屬國。〈管子・小匡〉：「遠國之民，望如父母。近國之民，從如流水。」匡，端正。

7 究，深思。圖，熟慮。亶（ㄉㄢˇ），確實。然，如此。

鴟鴞[1]

鴟鴞鴟鴞[2]
無取我子
無毀我枝
勤止恩止
鬻子閔斯[3]
迨天未雨
綢繆牖戶[4]

---

1 見〈豳風・鴟鴞〉。

2 鴟鴞（ㄔ ㄒㄧㄠ），惡鳥。《集傳》：「攫鳥子而食者也。」

3 勤，憐惜。恩，愛護。止，語詞。鬻（ㄩˋ），養育。閔，疼愛。《通釋》：「愛之欲其室之堅，憂之懼其室之傾也。」

4 迨，及。牖（ㄧㄡˇ），窗，戶，單扇門。《通釋》：「古者宮室之制，戶東而牖西，（牖）其制向上取明，與後世之窗稍異。」

5 予手三句，言母鳥重鑄巢窠。撠挶，腳爪緊抓。捋

予手拮据
予所捋荼
予口卒瘏[5]
羽譙譙
尾翛翛
室翹翹[6]
風雨漂搖

荼，採擷茅花。卒瘏（ㄊㄨˊ），因勞致病。

6 譙譙（ㄑㄧㄠˊ），羽毛稀疏脫落。翛翛（ㄒㄧㄠ），羽毛乾枯凋敝。翹翹，危險貌。

維愊[1]

維愊既同[2]
維體既逢
朱芾蛻地
棄捐金舄[3]
股肱騈騈
惺惺淵淵[4]
二牡孔阜

---

1 見〈小雅・車攻〉。

2 愊（ㄅㄧˋ），至誠。唐順之〈陸慎齋先生壽序〉：「先生志行愊實，其取與有狷士之節。」

3 朱芾（ㄈㄨˊ），紅色蔽膝。蛻，脫捨。李紳〈泛五湖〉：「範子蛻冠履，扁舟逸霄漢。棄捐，拋棄。高適〈行路難〉：「黃金如斗不敢惜，片言如山莫棄捐。」舄（ㄒㄧˋ），有雙層底的鞋子。

4 肱股，大腿與胳膊。〈書・說令下〉：「股肱惟人，良臣惟聖。」騈騈，繁盛貌。歐陽詹〈回

既駕不猗[5]
不失其馳
樂也融融[6]
舍矢如破
樂也洩洩[7]
蕭蕭馬鳴
旒旒旆旌[8]

鸞賦〉：「振振騈騈，殷殷闐闐。」惺惺，清醒貌。陸游〈不寐〉：「困睫日中常欲閉，夜闌枕山卻惺惺。」淵淵，深邃貌。〈莊子・知北遊〉：「淵淵乎其若海，巍巍乎其終則復始也。」

5 孔，甚也。阜，高大健碩。猗，通「倚」，偏差。

6 馳，馳驅之法。融融，和樂貌。〈左傳・隱公元年〉：「大隧之中，其樂也融融。」

7 舍矢，放箭。如，而。破，射中。洩洩，和樂貌。〈左傳・隱公元年〉：「大隧之外，其樂也洩洩。」

8 旒（ㄌㄧㄡˊ），旌旗懸垂的飾物。旆旌，旌旗。

彤管[1]

之子來初
終窶且貧[2]
惠而我好
肱股儷棽[3]
共虛其徐
既亟只且[4]
莫赤彼狐

1見〈邶風‧北風〉等。
2終窶（ㄐㄩˋ）且貧，既窶又貧。《通釋》：「無財曰貧，無財備禮曰窶。」
3惠，仁愛。好（ㄏㄠˋ），愛，喜愛。儷棽（ㄔㄣ），又棽麗、棽離，繁密披覆貌。班固〈東都賦〉：「鳳蓋棽麗，和鑾玲瓏。」《樂府詩集》：「天門啟扃，日馭飛蓋，煥兮棽離，儐兮暗靄。」
4虛，通「舒」。亟，急。只且（ㄐㄩ），語氣詞連用。
5莫，無，沒有。莫赤兩

莫黑彼烏[5]
好而惠我
浼浼彌彌[6]
其徐其虛
既且只亟
品敕彤管
彤管有煒[7]

句，言莫赤於彼狐，墨黑於彼烏。

6 浼浼（ㄇㄟˇ），水盛貌。韋應物〈擬古詩〉之三：「峨峨高山巔，浼浼青川流。」彌彌，滿溢貌。徐禎卿〈留別邊子〉：「登高望河水，河水何彌彌。」

7 敕，詳明。彤管，赤色之筆。《毛傳》：「古者后夫人必有古史彤管之法。」煒（ㄨㄟˇ），色赤而鮮豔。

恒騷[1]

鴻雁于飛
肅肅其羽[2]
維我于征
劬勞于西[3]
爰及矜人
如鰥如寡[4]
鴻雁于飛

---

1 見〈小雅・鴻雁〉。
2 肅肅，羽聲。
3 于征，往征，遠行服役。劬（ㄑㄩˊ），同「佝」，弓背勞苦。
4 爰，語詞。矜人，苦人。鰥寡，《集傳》：「老而無妻曰鰥，老而無夫曰寡。」
5 哲，知。韓愈〈王公墓誌銘〉：「氣銳而堅，又剛以嚴，哲人之常。」陳夢雷〈木瘿瓢賦〉：「惟哲人之素修兮，感曲成之奇姿。」
6 宣驕，驕傲。宣驕與敂勞

集于北美
維此哲人[5]
謂我劬勞
維彼佞人
謂我宣驕[6]
不我宣驕
詩旨恒騷[7]

對文。維此兩句，言知者謂我劬勞，不知者而謂我宣驕也。

7 騷，詩體的一種。張表臣《珊瑚鉤詩話》：「幽憂憤悱，寓之比興，謂之騷。」

匏有[1]

匏有苦葉
濟有深涉[2]
深厲淺揭
會我良偞[3]
有瀰濟盈
有鷕雉鳴[4]
盈不濡軌

1 見〈邶風・匏有苦葉〉。

2 匏（ㄆㄠˊ），葫蘆。苦，通「枯」，葉枯則成熟。濟，水名。深涉，匏實腹大，可以為容器，繫腰間以涉深水。

3 厲，不脫衣而涉水。揭（ㄑㄧˋ），提起下裳。偞（ㄧㄝˋ），輕麗之貌。皮日休〈桃花賦〉：「或亦偞而作態，或窈窕而騁姿。」

4 有，語詞。瀰，河流瀰漫。盈，滿。鷕（ㄧㄠˇ），野鳥的叫聲。

5 濡，沾濕。軌，車軸頭。

牡逑孺牡[5]
招招舟子
人涉我否
獨須我儔[6]
我躬既屬
黽恤我後[7]

牡，雄性。逑，配偶。

6 招招，搖手相招貌。舟子，擺渡者。人涉我否，言別人過河我不願。儔（ㄔㄡˊ），伴侶。曹植〈洛神賦〉：「爾乃眾靈雜遝，命儔嘯侶，或戲清流，或翔神渚。」

7 既屬，有所寄託。黽（ㄇㄧㄣˇ），勉力。恤，憂慮。〈邶風・谷風〉：「我躬不閱，遑恤我後。」

斯尤[1]

新梁有泚
江水瀰瀰[2]
燕婉之求
惟子清究
新梁有洒
河水浼浼[3]
燕婉之求

1見〈邶風・新臺〉。

2泚（ㄘˇ），鮮明光潔貌。瀰瀰，漫漫，水滿貌。

3燕婉，儀態安詳溫順。《毛傳》：「燕，安；婉，順也。」洒（ㄘㄨㄟˇ），高峻貌。浼浼（ㄇㄟˇ），水盛貌。

4霈霈，波浪相擊聲。宋玉〈高唐賦〉：「奔揚踴而相擊兮，云與聲之霈霈。」

5沸渭，水翻騰奔湧貌。梁元帝〈玄覽賦〉：「爾其彭蠡際天，用長百川，沸渭渝溢，瀲淡連延。」

惟子叨稠
新梁有輝
江水霈霈[4]
燕婉之求
惟子沸渭[5]
子兮子兮
尤物斯尤[6]

6尤物，絕色之寶物。〈左傳‧昭公二十八年〉：「夫有尤物，足以移人。」斯尤，最優異。

天驕[1]

之子來投
橫陳如錦
縝轢緻轥
上下其舋[2]
之子扈朝
俅俅終宵[3]
逢俉化言

---

1 見〈鄭風・女曰雞鳴〉等。

2 縝緻，細密。陸龜蒙〈記綿裾〉：「非繡非繪，縝緻柔美。」轢轥，車輪碾過。司馬相如〈上林賦〉：「徒車之所轥轢，步騎之所蹂若。」按：縝轢緻轥四字交錯，錦文雜沓。舋（ㄒㄧㄣˋ），縫隙，裂痕。

3 扈，隨從，護衛。〈楚辭・九辯〉：「載雲旗之委蛇兮，扈屯騎之容容。」俅俅（ㄑㄧㄡˊ），恭順貌。〈周頌・絲衣〉：「絲衣其繯，載弁俅

盤讅無狡[4]
宜共飲酒
與子偕老
琴瑟在御
莫不靜好
知之盛之
縱之天驕[5]

俅。」

4 偣（ㄨˋ），迎，遇到。盤，娛樂。顏延之〈三月三日曲水詩〉：「情盤景遽，歡洽曰斜。」狡，猜疑。

5 縱，放任，賦予。〈論語・子罕〉：「固天縱之將聖，又多能也。」

三世[1]

青青子矜
悠悠我心
既除青矜
厥脯䣼醇[2]
青青子佩
悠悠我思
既解青佩

---

1 見〈鄭風・子衿〉。

2 子矜，穿青領衣服的學士。悠悠，同「憂憂」，憂思貌。䣼（ㄌㄧㄤˊ），古代六飲之一，寒粥。醇，純而不雜。

3 佩，身佩玉石的綬帶。膂（ㄌㄩˇ），脊背也。遒，勁健。曹丕〈與吳質書〉：「公幹有逸氣，但未遒耳。」騭（ㄓˋ），雄馬。

4 莫，暮也。謔，娛樂。渙，離散。《老子》：「古之善為士者，微妙玄通，深不可識。故強為之容，與兮若冬涉川，猶兮若畏四鄰，儼兮其若客，

厥脊遒驚[3]
朝兮莫兮
在樓闕兮
伊其將謔
如冰之渙[4]
十年不見
作三世觀

渙兮若冰之將釋。」

白鳥[1]

白鳥白鳥
無阻我足
此邦之人
不可與明
言旋言歸
眷我邦族[2]
黃鳥黃鳥

---

1 見〈小雅・黃鳥〉。

2 與明，與之盟也。旋，還。眷，顧之深也。

3 與處，與之處也。亡，離。踧踖（ㄘㄨˋ ㄐㄧˊ），恭敬不安貌。〈論語・鄉黨〉：「君在，踧踖如也。」

4 木鐸，以木為舌的鈴。〈周禮・地官〉：「凡四時之征令有常者，以木鐸徇以市朝。」〈論語・八佾〉：「天下無道也久矣，天將以夫子為木鐸。」

無啄我足
邦族之人
不可與處
言亡言返
踧踖異境[3]
亡人何寶
木鐸有心[4]

佷人[1]

上莞下簟
乃安斯寢[2]
殖殖其脡
有覺其盈[3]
駢駢其脗
有煨其唇[4]
維虺維蛇

1見〈小雅・斯幹〉。

2莞（ㄍㄨㄢˇ），席草，亦草席也。簟（ㄉㄧㄢˋ），竹席。安，安眠。

3殖殖，平正貌。有，語詞。覺，高大正直。

4脗，嘴唇，兩唇之相合。白居易〈無可奈何歌〉：「是以達人靜則脗然與陰合跡，動則浩然與陽同波。」煨，微火慢熱。

5虺（ㄏㄨㄟˇ），一種毒蛇。非，惡行。儀，善事。按：虺蛇乃陰物穴處，柔弱隱伏。

6捷捷幡幡，巧言亂德、反

無非無儀[5]
捷捷幡幡
爰笑爰語[6]
棠棣及矣
式相好矣[7]
毋相猶矣
工天佷人[8]

復失儀貌。爰，乃，於是。

7 式，助詞，相當「應」。好，互相愛護。

8 猶，通「猷」，欺詐。佷（ㄌㄧㄤˊ），擅長。〈莊子・庚桑楚〉：「聖人工乎天而拙乎人。夫工乎天而佷乎人者，唯全人能之。」

隰桑[1]

隰桑有阿
其葉有儺[2]
其葉沃沃
其葉幽幽[3]
既見眉子
云如之何
既攬眉子

---

1 見〈小雅・隰桑〉。

2 隰桑，長於低地的桑樹。《集傳》：「下濕之處，宜桑者也。」阿，柔美貌。儺（ㄋㄨㄛˊ），茂盛貌。阿儺連言音轉為旖旎，為枝葉條垂之貌。

3 沃沃，滋潤光澤貌。幽幽，青黑深暗貌。

4 眉，借指佳人。傅毅〈舞賦〉：「眉連娟以增繞兮，目流睇而橫波。」德音，至善至情之言。孔膠，十分深厚。

5 溺、耽，皆沉湎也。遐不，為什麼不。謂，相與

德音孔膠[4]
溺乎耽矣
遐不謂矣[5]
中心藏之
今夕盡之[6]
載震載傾
不介不止[7]

語也。

6藏，通「臧」，善，美，作動詞。《集傳》：「愛之根於中者深，故發之遲而存之久也。」

7介，休息。

鷽斯[1]

弁彼鷽斯
歸飛提提[2]
民皆不穀
我獨樂樂[3]
何德于天
我幸伊何[4]
兔斯之奔

1 見〈小雅・小弁〉。

2 弁（ㄆㄢˊ），鳥飛鼓翼，有喜樂之貌。鷽（ㄩˋ），烏鴉。斯，語詞。提提，群飛安閒貌。

3 穀，養。樂樂，落也，堅定如石貌。〈荀子・儒效〉：「樂樂兮其執道不殆也，炤炤兮其用知之明也。」

4 伊，是。

5 斯，維，語詞。伎伎（ㄑㄧˊ），奔走不息。《毛傳》：「舒貌。」

6 朝雊（ㄍㄡˋ），清晨野雞鳴叫。公，雄性。

維足伎伎[5]
雉之朝雊
尚求其公[6]
木有掎兮
薪有杝兮[7]
我有傑子
麗照桑榆[8]

---

7 掎（ㄐ一ˇ），伐木者向一旁牽引。杝（ㄔˇ），順著木材的紋理。

8 傑子，才智之人。〈梁書・劉之遴傳〉：「邦之傑子，實惟彭、英。」桑榆，《淮南子》：「日西垂，景在樹端，謂之桑榆。」劉知己〈史通・敘事〉：「夫杲日流景，則列星寢耀；桑榆既夕，而辰象粲然。」按：「麗」意為「光華」而以有「麗照」。常建〈西山〉：「物象歸餘清，林巒分夕麗。」

何草[1]

何草不青
何日不行[2]
僕僕四方
何草不黃[3]
何時不望
銳身還鄉[4]
匪兕匪虎

---

1 見〈小雅・何草不黃〉等。

2 行，上路奔波。

3 僕僕，奔走勞頓貌。方苞〈七思〉：「長飢驅兮僕僕，痛乖分兮苦相勖。」黃，草萎衰而黃。

4 銳身，猶挺身。

5 匪，彼。兕（ㄙˋ），野牛。率，相率而行。國中，並謂王城之中，亦指國內。

6 有芃（ㄆㄥˊ），獸毛蓬鬆貌。賈（ㄍㄨˇ），售。

7 煢煢（ㄑㄩㄥˊ），孤零貌。李密〈陳情表〉：「煢煢

率彼國中[5]
有芃者狐
有財者賈[6]
大夫不均
賢者煢煢[7]
踧踧自葆
再赴西戎[8]

孑立，形影相弔。」

8 踧踧（ㄘㄨˋ），恭謹貌。西戎，西族的總稱。阮籍〈詠懷〉四十：「園綺遁南嶽，伯陽隱西戎。」

如夷[1]

赫赫戎醜
民具爾瞻[2]
國既卒斬
何用不監[3]
赫赫戎醜
不平謂何[4]
今方薦瘥

1見〈小雅・節南山〉。

2戎，大。具爾瞻，俱瞻爾。

3卒斬，盡皆斷絕。監，鑒，引以為戒。

4謂何，云何。

5薦瘥（ㄘㄨㄛˊ），降災。薦，屢次，連接。瘥，疫病。弘，大。

6仕，審查。罔，欺騙。

7韋，背離，同「違」。

8如屆，至其位。如夷，行平易之政。

喪亂弘多[5]
弗問弗仕
勿罔君子[6]
小人如脂
小人如韋[7]
君子如屆
君子如夷[8]

葛生[1]

葛生蒙楚
蘞蔓于野[2]
予美遇此
許與獨貲[3]
葛生蒙棘
蘞蔓于域
予美成此

1 見〈唐風・葛生〉。
2 葛、蘞，蔓生植物，葛生托於物，蘞生依於地。蒙，草名，菟絲子。楚、荊，落葉低灌木。
3 予美，我所美、所愛之人。貲（ㄗ），契約。
4 磵，同「澗」，山夾水也。匵，同「瀆」，溝渠。
5 粲，爛，華美。

願共襉襩[4]
夏夕冬辰
粲枕錦衾[5]
予美亡此
夏之日
冬之夜
誰與獨息

西門[1]

西門之枌
北丘之栩[2]
叩叩騏子
婆娑以許[3]
穀旦于差
穀道于窅[4]
聘之以珪

---

1 見〈陳風・東門之枌〉。

2 枌（ㄈㄣˊ），白榆樹。栩，柞櫟樹。

3 叩叩，殷勤懇摯。繁欽〈定情詩〉：「何以致叩叩，香囊繫時後。」朱彝尊〈戲效香奩體〉：「裁通心叩叩，愛執手摻摻。」婆娑，以節而歌，比其舞貌。

4 穀旦，吉日。差，選擇。穀道，善道。一說後窮。窅（ㄧㄠˇ），深隱深遠貌。謝朓〈敬亭山〉：「緣源殊未極，歸徑窅如迷。」王十朋〈會稽風欲賦〉：「禹穴窅而叵探，葛嶺峀

召之以瑗[5]
穀旦遲遲
穀道戢戢[6]
越以鬷邁
我魚爾水
我水爾魚
魚水不離

而自來。」

5 珪，瑞玉，形方，執以為信。瑗（ㄩㄢˋ），孔大邊小之璧。〈荀子・大略〉：「聘人以珪，問士以璧，召人以瑗。」

6 戢戢（ㄐㄧˊ），魚張口貌。梅堯臣〈五月十三日大水〉：「戢戢後池魚，隨波去難留。」越，語詞。鬷（ㄗㄨㄥ）邁，會合而行。

溱洧[1]

溱洧渙渙
子我秉蕑[2]
子曰觀乎
我曰既且[3]
且往觀乎
洧外洵樂[4]
維子與我

---

1 見〈鄭風・溱洧〉。

2 溱（ㄓㄣ）、洧（ㄨㄟˇ），皆鄭國水名。渙渙，水流盛大。《鄭箋》：「仲春之時，冰以釋水，則煥煥然。」秉蕑（ㄐㄧㄢ），持蘭草（以除穢）。蘭，春蘭，花卉氣馨。

3 子曰兩句乃問答。且，通「徂」，往。

4 洵，誠然，實在。

5 伊，語詞。謔，玩笑。

6 瀏，水流清澈貌。《毛傳》：「深貌。」

7 芍藥，芳色明采，音為灼爍，假聲以為義。陸以湉

伊其相謔[5]
子之眸矣
瀏其清矣[6]
贈之芍藥
于嗟我子
噓氣若蕳
色采芍藥[7]

《冷盧染識》：芍藥，香草也，而贈之於相謔之日。」〈易・繫辭上〉：「同心之言，其臭如蘭。」孔穎達疏：「謂二人同其心，吐發言語，氤氳臭氣，香馥如蘭也。」駱賓王〈上梁明府啟〉：「志合者蓬心可采，情諧者蘭味寧忘。」

載蝱[1]

載蝱載馳
閟閟來遲[2]
既不我嘉
不可旋居[3]
視國不臧
我思何曠[4]
泛彼申江

---

1 見〈鄘風・載馳〉。

2 載蝱載馳，蝱語謗言如走馬。閟閟（ㄅㄧˋ），幽深貌。

3 嘉，以為……好。旋，回還。

4 臧，善。曠，遠。溫庭筠〈乾𦠆子〉：「心親道曠，室邇人遐。」陸機〈擬涉江采芙蓉〉：「故鄉一何曠，山川阻且難。」

5 紊，亂。〈書・盤庚上〉：「若綱在網，有條而不紊。」各，分別。蕭統〈《文選》序〉：「各體互興，分鑣並驅。」行

紊各紊行[5]
儈駔尤之[6]
狂病心喪
百爾所諰[7]
豈我一彰
誰因誰極[8]
昭于諸邦

（ㄏㄤˊ），道理。

6 尤，過錯。此作動詞。

7 諰（ㄒㄧˇ），擔心害怕。

8 因，依靠，親。極，以為準則。

棼棼[1]

棼棼錯薪
昔之所銼[2]
槃槃喬木
之子于歸[3]
子言訒訒
皱訴觿年[4]
種因溟遠

---

1 見〈周南・漢廣〉等。

2 棼棼（ㄈㄣˊ），眾多貌。唐順之〈答王遵岩〉：「置一莖草於鄧林棼棼之間哉。」錯薪，錯雜叢生的草木。銼，折傷。毛滂〈鵲橋仙〉：「紅摧綠銼，鶯愁蝶怨，滿院落花風緊。」

3 槃槃，高大貌。之，此。魏源《古詩微》：「三百篇言娶妻者，皆以折薪為興，蓋古者嫁娶必以燎炬為燭。」

4 訒（ㄖㄣˋ），語言遲緩，難出口。〈論語・顏淵〉：「子曰：『仁者其言也訒。』」觿

得緣佹偏[5]
來日偕臧[6]
十畝之間
桑者閑閑
桑者泄泄[7]
開軒飲酒[8]
局外神眷

（ㄒㄧ）年，童年。駱賓王〈上兗州崔長史啟〉：「偉龍章之秀質，騰孔雀於齠年。」

5 因，事物生起，變化和壞滅的主要條件。緣，與因相匹之輔助條件。溟，幽深，迷茫。屠隆《彩毫記》：「大道宗虛無，至真合溟涬。」佹（ㄍㄨㄟˇ），乖戾。

6 臧，美，得其所欲也。

7 閒閒，往來皆自得之貌。泄泄（ㄧˋ），多人之貌。《通釋》：「閒閒、泄泄皆桑樹盛多之貌。」

8 開軒，阮籍〈詠懷〉十五：「開軒臨四野，登高望所思。」謝瞻〈答靈運〉：「開軒滅華燭，月露皓已盈。」

采薇[1]

采薇采薇
薇亦作止
曰歸曰歸
十歲漸止[2]
靡室靡家
玁狁之霸[3]
彼薾維何

1見〈小雅・采薇〉等。

2作，發芽。《毛傳》：「生也。」漸（ㄙ），盡，消亡。

3室，夫婦所居。家，一門之內。玁狁，西北牧族。

4薾，爾，花朵盛開貌。菁，花，華彩。

5溥、率，皆普也。悌，敬兄愛長。

6蓋，通「盍」，何其。卑，低。崇，高。

7倓（ㄊㄢˊ）然，安然不疑。〈荀子・仲民〉：「倓然見管仲之能足以託國也，是天下之大知也。」委

棠棣之菁[4]
溥天率土
莫比悌恩[5]
謂山蓋卑
崇岡長陵[6]
倓然託國
淹然委身[7]

身，託身。〈後漢書・朱拓等傳論〉：「其懷道無聞，委身草莽者，亦何可勝言。」

謂爾[1]

謂爾無兔
皎皎雪如
謂爾無雉
曄曄錦如[2]
爾兔來思
其耳濕濕
爾雉來思

---

1 見〈小雅・無羊〉。

2 謂爾，說你。皎皎，潔白貌。曄曄（ㄧㄝˋ），光芒四射貌。韓愈〈獨孤申叔哀辭〉：「濯濯其英，曄曄其光，如聞其聲，如見其容。」

3 思，句末語詞。濕濕（ㄓˊ），扇動貌。《毛傳》：「呞而動其耳濕濕然。」飭飭，嚴整而雍容。

4 矜矜兢兢，緊緊相依貌。騫，虧損，跛足。崩，潰散，跌倒。

5 麾，指揮。肱（ㄍㄨㄥ），

其尾斾斾[3]
矜矜兢兢
不騫不崩[4]
麾之以肱
畢來既升[5]
旐維旟矣
吉兆溱溱[6]

手臂。升，進入牛欄羊圈。《毛傳》：「入牢也。」

6 旐（ㄓㄠˋ），龜蛇圖案的旗。旟（ㄩˊ），鷹隼圖案的旗。溱溱，眾也。《毛傳》：「旐旟所以聚眾也。」

椒聊[1]

椒聊之實
蕃衍盈掬[2]
彼其之子
碩大且篤
椒聊且
游條且[3]
素衣朱襮

1 見〈唐風・椒聊〉等。

2 椒聊，椒樹叢。繁衍，繁盛多子。掬，兩手合捧。

3 且，嘆詞。游條，長枝舒展貌。椒聊兩句，歎其枝遊而益蕃也。

4 襮（ㄅㄛˊ），繡有黼形花紋的衣領。于沃，到曲沃去。

從子于沃[4]
我聞有名
不敢告人
椒聊且
游條且
椒聊之實
蕃衍盈升

終南[1]

終南何有
有堂有紀[2]
春朝至止
鬢拂清颸[3]
顏如渥丹
奐哉此嗣[4]
終南何有

1 見〈秦風・終南〉。
2 終南，山名，位陝西西安城南。堂，通「棠」。紀，通「杞」。
3 颸，涼風。陶潛〈和胡西曹示顧賊曹〉：「蕤賓五月中，清朝起南颸。」許謙〈莫過東津館〉：「清颸從東來，涼氣襲我面。」
4 渥，浸塗。《毛傳》：「厚漬也。」丹，赭石，一種紅色染料。奐，光彩鮮明。張華〈答何劭〉：「穆如灑清風，奐若春華敷。」

有紀有堂
秋夕至止
黻衣繡裳[5]
溫欨如玉
吐款如曲[6]
為器散樸
綏始多福[7]

---

5 黻，禮服上黑青相間的花紋。

6 溫欨（ㄒㄩ），和悅煦暖貌。吐款，吐露真情。〈宋書・范曄傳〉：「熙先望風吐款，辭氣不橈。」

7 散樸，失去質樸。〈莊子・繕性〉：「德又下衰，及唐虞始為天下，興治化之流，澆淳散樸，離道以善，險德以行，然後去性而從於心。」綏，安。

既見[1]

既見君子
為光為龍[2]
既見君子
宜弟宜兄
既見君子
令德壽豈[3]
鞗革沖沖

---

1 見〈小雅・蓼蕭〉。

2 為，顯現。光，太陽光，指太陽。〈廣雅・釋詁〉：「『龍、日，君也。』為龍為光，猶雲為龍為日，並君象也。」

3 令，善，美。豈，通「愷」，樂。

4 鞗（ㄊㄧㄠˊ），馬籠頭上的銅飾。沖沖，飾物下垂貌。和鸞，車鈴。《集疏》：「鸞在衡，和在軾。升車則馬動，馬動則鸞鳴，鸞鳴則和應。」雝（ㄩㄥ），和諧的聲音。

5 濃濃，露水厚多貌。攸

和鸞雝雝[4]
零露濃濃
萬福攸同[5]
兄弟泥泥
我心寫矣[6]
宴笑言矣
是以有譽[7]

同，所聚也。

6 泥泥，沾濡滋潤貌。寫，通「瀉」。《毛傳》：「輸寫其心也。」《鄭箋》：「我心寫者，舒其情意，無留恨也。」

7 譽，通「豫」，安樂。

他山[1]

他山之石
可以為錯
可以攻玉[2]
爰有樹檀
其下維蘀
其下維穀[3]
魚鱗潛水

1見〈小雅・鶴鳴〉。

2錯，石也。《毛傳》：「可以琢玉。」攻，製作。

3樹檀，檀樹的倒文。蘀（ㄊㄨㄛˋ），草木脫落。《鄭箋》：「木葉槁，待風乃落。」穀，落葉喬木楮，古以為惡木。

4魚鱗，魚也。渚，淺水沙洲。淵，深潭。

5皋，澤也。九皋，言其深遠。

6易色，輕略於色。賢賢，尊尚賢人。〈論語・學而〉：「賢賢易色，事父

或在其渚
或在其淵[4]
鶴鳴九皋[5]
聲聞于野
聲聞于天
各敬爾儀
易色賢賢[6]

母能竭其力，事君能致其身。」《西廂記》：「我卻待『賢賢易色』將心戎，怎禁他兜的上心來。」

魚麗[1]

南有嘉魚
君子有酒
烝然汕汕
式燕以衎[2]
南有樛木
甘瓠纍之[3]
物其多矣

1見〈小雅・南有嘉魚〉等。
2烝然，眾多之貌。汕汕，魚游水貌。式，應當。燕，宴飲。衎（ㄎㄢˋ），形神舒暢。
3樛（ㄐㄧㄡ），樹枝向下彎曲。瓠，葫蘆。纍，纏繞，結滿。
4時，適時。
5鵻（ㄓㄨㄟ），野鵓鴣。翩翩兩句，言鵓鴣翩翩飛，眾相競徘徊。
6魚麗，美萬物盛多而能備禮也。

維其時矣
維其尤矣[4]
翩翩者鵻
烝然來思[5]
君子有酒
酒有且旨
是謂魚麗[6]

長睽[1]

無咎無辜
讒口囂囂[2]
下民之孽
匪降自天[3]
噂沓背憎
職競由人[4]
悠悠故里

---

1 見〈小雅・十月之交〉。

2 囂囂，眾口讒毀貌。

3 下民兩句言眾生之禍災，非無故從天降。

4 噂（ㄗㄨㄣˇ）遝，聚語。《鄭箋》：「噂噂遝遝，相對談語，背則相憎。」職競，專心極力。

5 悠悠，憂思貌。痗（ㄇㄟˋ），病痛。

6 羨，寬餘，欣喜。居，處於。

7 黽勉，努力。睽，乖離，違背。〈莊子・天運〉：「三皇之知，上悖日月之明，下睽山川之精，中墜

亦孔之痗[5]
四方有羨
我素居憂[6]
人莫不逸
我獨不休
黽勉從事
再此長睽[7]

四時之施。」

有駜[1]

有駜有駜
駜彼乘奘[2]
有駜有駜
駜彼乘牡[3]
夙夜在公
在公明明[4]
振振鷺

1見〈魯頌・有駜〉。

2駜（ㄅㄧˋ），馬肥強貌。乘（ㄕㄥˋ），一年四馬為乘。奘（ㄗㄤˋ），健壯。

3牡，雄性。

4明明，勉力。《通釋》：「明明即勉勉之假借，謂其在公盡力也。」

5振振，群飛之貌。鷺，鷺鷥，此指舞者所持的鷺羽。於飛，如飛也，狀振羽之容。咽咽，有節奏的鼓聲。

6有，豐收。胥，相。

鷺于飛
鼓咽咽
醉言舞[5]
自今以始
歲其有
君子穀道
于胥樂幺[6]

中谷[1]

中谷有蓷
暵其乾矣[2]
有姄仳離
條其歗矣[3]
遇人不淑
世之漓矣[4]
中谷有蓷

---

1 見〈王風・中谷有蓷〉。

2 中谷，谷中。蓷（ㄊㄨㄟ），益母草。暵（ㄏㄢˋ），乾枯。

3 仳離，被遺棄。《鄭箋》：「見棄（而）與其君子別離。」條嘯，長嘯。《集傳》：「悲恨之深，不止於歎矣。」

4 淑，善。〈國語・楚語下〉：「其為人也，展而不信，愛而不仁，詐而不智，毅而不勇，直而不衷，周而不淑。」漓，澆薄。

5 脩，乾燥，乾縮。

嘆其脩矣[5]
有仳仳離
啜其泣矣
遇人艱難
世之溏矣[6]
嘆其濕矣
何嗟及矣[7]

6 艱難，困苦。《鄭箋》：「自傷遇君子之窮厄。」蘇軾〈賀歐陽〉：「功存社稷而人不知，躬履艱難而節乃見。」溏，稀泥。

7 嘆其二句，《集傳》：「嘆濕者，旱甚則草之生於濕者亦不免也。何嗟及矣，言事已至此，未如之何，窮之甚也。」

綿綿[1]

綿綿葛藟
在河之漘[2]
終忘恩義
謂他人婚
謂他人婚
亦莫我聞[3]
綿綿葛藟

---

1 見〈王風・葛藟〉。

2 綿綿，連綿。《毛傳》：「長不絕之貌。」藟（ㄌㄟˇ），藤。漘（ㄔㄨㄣˊ），水邊。

3 聞，通「問」，恤問，關懷。

4 滸，水邊。

5 覷，窺伺。

在河之滸[4]
終忘道義
謂他人父
謂他人父
亦莫我顧
謂婚謂父
覷利是圖[5]

叔也[1]

朝無人
豈無人
不如叔也
市無飲
豈無飲
不如叔也
野無馬

---

1 見〈鄭風・叔于田〉。

2 適，歸從，悅樂。〈左傳・昭公十五年〉：「如惡不愆，民知所適，事無不濟。」張宇〈雲溪秋泛圖〉：「胡為厭山瞰芳渚，岸草汀花適幽趣。」魏源《天臺紀遊》之六：「萬里水雲身，到此甫一適。」

3 卬，通「仰」，臉朝上看。〈大雅・雲漢〉：「瞻仰昊天，雲如何里。」靉靆（ㄞˋㄉㄞˋ），雲盛貌。潘尼〈逸民吟〉：「朝雲靉靆，行露未晞。」卞思

豈無馬
不如叔也
于朝于市
叔適于野[2]
洵美且武
卬之靉靆
即之滂沱[3]

義〈溪山春雨圖〉：「雲林靉靆春日低，小橋流水行人稀。」滂沱，雨大貌。孫華〈大雨行海澱道中〉：「何況連宵旦，滂沱瀉驚瀑。」

有車[1]

有車鄰鄰
有馬白顛[2]
未見君子
寺人令前[3]
阪有漆兮
隰有栗兮[4]
既見君子

1見〈秦風・車鄰〉。
2鄰鄰，通「轔轔」。《毛傳》：「眾車聲也。」顛，頭頂。《集傳》：「白顛，額有白毛。」
3寺人，宮臣。
4阪有兩句，言山坡布滿漆樹，窪地生長栗樹。
5鼓，彈奏。
6圭璋，玉中之貴也，喻高貴的品德。陶潛〈贈長沙公〉：「諧氣冬暄，映懷圭璋。」蘇軾〈答曾學士啟〉：「而況圭璋之質，近生閥閱之家，固宜首膺寤寐之求，于以助成肅雍

並坐鼓瑟[5]
阪有桑兮
隰有楊兮
既醉君子
果圭呈璋[6]
今者不樂
其耋其亡[7]

之化。」果呈，裸裎去衣者也。按：果圭呈璋四字交錯，貴質本色也。

7 耋（ㄉㄧㄝˊ），七八十歲的年紀。

遡風[1]

如彼遡風
亦孔之僾[2]
民有肅心
荓云不逮[3]
哀恫中國
具贅卒荒[4]
維此哲人

---

1 見〈大雅・桑柔〉。

2 遡風，逆風。《鄭箋》：「今王之為政，見之使人唈然如鄉疾風，不能息也。」僾，氣促，窒息。

3 肅心，上進，雄心。荓，使。不逮，未能如願。

4 恫（ㄊㄨㄥ），痛，悲傷。中國，國中。贅，連屬，接連發生。

5 言，語詞。

6 覆，反而。

7 不順，不仁之君。愎，任性，執拗。〈左傳・哀公二十六年〉：「君愎而虐，少待之，必毒於民，

瞻言萬世[5]
維彼愚夫
覆殤以喜[6]
維彼不順
愎獨俾臧[7]
自有肺腸
俾民率狂[8]

乃睦於子矣。」俾臧，自以為良好。

8 肺腸，猶心腸。俾，使。率，一概，都。狂，迷惑。《鄭箋》：「行其心中之所欲，乃使民盡迷惑也。」

君門[1]

君門有棘
誰以斯之[2]
室也不良
見而知之[3]
知之不已
誰昔然哉[4]
君門有枯

1見〈陳風・墓門〉。

2棘，酸棗樹。斯，析，劈。

3室，王朝。見而知之，指同時代的事，以別於後代對前事「聞而知之」。

4已，節制。誰昔然哉，與前者同。《集傳》：「誰昔，昔也，猶言疇昔也。」

5鴟鴞，鷂鷹，喙尖如錐，茅莠為窠，攫鳥子而食者。萃，鳥落枝上，《毛傳》：「萃，集也。」

6課，檢驗。〈管子・七法〉：「成器不課不用，

鴟鴞萃之[5]
室也不良
課以訊之[6]
訊予不顧
顛倒思予[7]
誰侜予美[8]
辜負負辜

不試不藏。」訊。勸諫，警告。

7 予不顧，不顧予。顛倒，因愛慕而入迷。《集傳》：「狼狽之狀。」

8 侜（ㄓㄡ），欺誑，蒙蔽。《鄭箋》：「誰侜張誑欺我所美之人乎。」

昔之[1]

昔之居兮
夏屋渠渠[2]
今也無瓦
不承權輿[3]
昔之食兮
八簋濟濟[4]
今也寥寥

---

1 見〈秦風・權輿〉等。

2 夏屋，高大之屋。渠渠，深廣貌。

3 權輿，草木萌芽，指初始。承，繼續。

4 簋（ㄍㄨㄟˇ），古代宴享時盛黍稷稻粱等的器皿。周制，天子八簋。濟濟，眾多貌。

5 漂搖，同「飄搖」。窀（ㄓㄨㄣ），厚也。穸（ㄒㄧˋ），夜也。窀穸，長夜，猶埋葬也。

6 卒，通「瘁」，勞累致病。瘏，病憂。巢，簡陋的住處。李白〈憶舊

不承權第
昔祖喪兮
麻衣如雪
今也漂搖
不成窀穸[5]
之口卒瘏
未有巢室[6]

遊〉：「余既還山尋故巢，君亦歸家度渭橋。」

芃芃[1]

芃芃棫樸
薪之槱之[2]
濟濟辟王
左右趣之[3]
濟濟辟王
左右奉璋[4]
王祼圭瓚

---

1 見〈大雅・棫樸〉。

2 芃芃，草木茂盛。棫（ㄩˋ）樸，皆叢生小樹名。薪，動詞，砍柴。槱（ㄧㄡˇ），堆起，積柴待乾而用之。

3 濟濟，儀容端莊。《集傳》：「容貌之美也。」辟王，君王。左右，輔佐之人。趣，奔附。

4 奉璋，捧玉以祭。

5 圭瓚、璋瓚，兩種玉製酒器，狀如勺，用於祭祀。〈禮記・祭統〉：「君執圭瓚祼屍，大宗執璋瓚亞祼。」鄭玄注：「圭瓚、璋瓚，祼器也。以圭璋為

亞裸璋瓚[5]
奉璋峨峨
髦子攸宜[6]
倬彼雲漢
為章于天[7]
髦子攸宜
獨從于邁[8]

柄。」

6 峨峨，莊嚴貌，髦子，英俊之士。攸宜，所應當。

7 倬，廣大，光明。雲漢，銀河。章，紋理，文章。

8 邁，流亡而遠行。

擊壤[1]

相彼泠泉
時浚時泂[2]
月日構禍
怡然能穀[3]
滔滔大洋
外域之紀[4]
盡瘁以藝

1 見〈小雅・四月〉。

2 泠，清涼，冷清。王珣〈琴讚〉：「如彼清風，泠焉經林。」陸機〈招隱〉之二：「山溜何泠泠，飛泉漱鳴玉。」浚，流水上下落差大。〈小雅・小弁〉：「莫高匪山，莫浚匪泉。」蔡邕〈故太尉喬公廟碑〉：「如淵之浚，如山之嵩。」

3 構，遇到，遭受。穀，生，活著。

4 紀，綱紀，條理。

5 盡瘁，憔悴。濟，渡。

事必我濟[5]
維鶉維鳶
翰飛戾天[6]
維鱣維鮪
潛鱗于淵[7]
擊壤異邦
臨流開顏[8]

---

6 鶉（ㄊㄨㄢˊ），雕也。鳶，鷹。翰飛，振翅高飛。戾，至。

7 鱣（ㄓㄢ）、鮪，皆大魚名。潛鱗於淵，李東陽〈與顧天錫夜話〉：「潛鱗自足波濤地，別馬長懷秣飼心。」

8 擊壤，擊壤歌，王充〈論衡・藝增〉：「擊壤曰：『吾日出而作，日入而息，鑿井而飲，耕田而食；堯何等力。』」臨流，面對流川。曹植〈朔風〉：「臨川慕思，何為泛舟。」

束薪[1]

揚之水
不流束薪[2]
終及兄弟
維汝與予
無計人言
人實疾汝[3]
揚之水

---

1 見〈王風・揚之水〉。
2 揚，激流貌。流，漂流。《鄭箋》：「激揚之水至湍迅，而不能流移束薪。」
3 疾，通「嫉」，妒恨。

不流束薪
終成兄弟
維予二人
無忌人言
人實妒汝
束薪束薪
揚水不流

駉駉[1]

駉駉牡馬
在坰之野[2]
有驈有皇
有騅有駓[3]
有驒有駱
有騂有騏[4]
思無疆

---

1 見〈魯頌・駉〉。

2 駉駉（ㄐㄩㄥ），馬壯碩。《毛傳》：「良馬腹幹肥張也。」坰（ㄐㄩㄥ），遠野也。

3 驈（ㄩˋ），黑馬白胯者。皇，黃白色馬。騅（ㄓㄨㄟ），蒼白雜毛馬。駓（ㄆㄧ），黃白雜色馬。

4 驒，青黑鱗狀花紋馬。駱，黑色尾、鬃的白馬。騂，赤黃色馬。

5 思無疆，思慮深微，無有止境。思無期，思慮遠長，無有限期。思無斁（ㄉㄨˋ），思慮詳審，無有厭

思無期
思無斁[5]
薄言駉者
以車祛祛[6]
思無邪
異馬斯臧
奇材唐荒[7]

倦。

6 薄言，語詞。祛祛（ㄑㄩ），良馬其行迅疾也。

7 唐荒，即荒唐，漫無邊際也。

扣槃[1]

扣槃在澗
碩木之寬[2]
擁寤寐言
之矢弗諼[3]
扣槃在阿
碩木之薖[4]
擁寤寐哺

1 見〈衛風・考槃〉。

2 扣槃，鼓盆拊擊之樂，一說避世隱居。寬，寬廣也。

3 寤，睡醒。寐，睡著。矢，通「誓」。諼（ㄒㄩㄢ），忘記。

4 阿，山坡。《毛傳》：「曲陵曰阿。」薖（ㄎㄜ），寬大，引申為快活寬舒。

5 過，遺忘。

6 陸，高平之地。軸，盤桓之處。

7 替，捨棄。

之矢弗過[5]
扣槃在陸
碩木之軸[6]
擁寤寐比
之矢弗替[7]
撢掞挺挏
隆勃始終

淇奧[1]

瞻彼淇奧
綠竹青青[2]
有斐君子
充耳琇瑩
會弁如星[3]
瑟兮僩兮
赫兮咺兮[4]

---

1 見〈衛風・淇奧〉。

2 奧（ㄩˋ），通「澳」，水邊深曲之處。青青，通「菁菁」。《毛傳》：「茂盛貌。」

3 斐，有文采。充耳，冠冕兩側以絲懸玉，下垂至耳，以塞耳避聽。琇瑩，美石也。會弁（ㄅㄧㄢˋ），帽縫飾玉，狀如星也。

4 瑟，矜莊。僩，威嚴。赫，光明。咺（ㄒㄩㄢ），坦蕩。

5 寬，能容眾。綽，緩也。重較（ㄔㄨㄥˊ ㄐㄩㄝˊ），（車廂）兩側扶手。

寬兮綽兮
若重較兮[5]
善戲俳兮
不為虐兮[6]
淇奧淇奧
綠竹猗猗
清颸偍偍[7]

6虐，傷害。

7猗猗（一），柔弱下垂貌。《集傳》：「始生柔弱而美盛也。」颸（ㄙ），小風。偍偍（ㄊㄧˊ），美好而安舒。

防有[1]

防有鵲巢
邛有旨苕[2]
中唐有甓
邛有旨鷊[3]
誰侜予美
心焉惕惕[4]
夫也不良

---

1 見〈陳風・防有鵲巢〉等。

2 防，堤岸。邛（ㄑㄩㄥˊ），土坡。旨，美也。苕（ㄊㄧㄠˊ），紫雲英。

3 唐，堂前或宗廟內的大路。中唐，即庭中之路。

4 惕惕，憂勞。

5 訊，勸諫，警告。予不顧，不顧予。顛倒，因愛慕而入迷。《集傳》：「狼狽之狀。」

6 忉忉（ㄉㄠ），憂慮。

歌以訊之
訊予不顧
顛倒思予[5]
知而不已
誰昔然矣
心焉忉忉[6]
門棘斧之

在懷[1]

彼澤之陂
風搖萑蒲[2]
有子洵美
傷如之何[3]
彼澤之陂
風拂蕙蕳[4]
寤寐無為

---

1 見〈陳風・澤陂〉。

2 澤，水塘。陂，堤岸。風搖，萑蒲高而風以搖。陸游〈秋景〉：「雨泣蘋花老，風搖稗穗長。」萑（ㄏㄨㄢˊ），蘆葦長穗者。蒲，水草，莖可製席。

3 傷，思念，憂思。

4 風拂，蕙蕳幽而風以拂。

5 悁悁（ㄐㄩㄢ），鬱悶。《毛傳》：「猶悒悒也。」

6 風舉，菡萏孤而風以舉。周邦彥〈蘇幕遮〉：「葉上初葉乾宿雨，水面清圓，一一風荷舉。」

7 卷，通「婘」，美好。

中心悁悁[5]
彼澤之陂
風舉菡萏[6]
彼美人兮
且卷且儼[7]
且釋且欨
囁嚅在懷[8]

儼，端莊。

8 釋，通「懌」，喜悅。欨，通「煦」，風暖。嵇康〈琴賦〉：「其康樂者聞之，則欨愉歡釋。」囁嚅，竊竊私語貌。

喪亂[1]

喪亂既平
既綏且甯[2]
僩貌王相
正直是興[3]
儐爾籩豆
飲酒之飫[4]
愷悌既具

---

1 見〈小雅・常棣〉。

2 綏，安也。

3 僩（ㄒㄧㄢˋ），勇猛貌。正直，公正無私，剛直坦率。〈書・洪範〉：「無反無側，王道正直。」蘇軾〈海市〉：「自言正直動山鬼，豈知造物哀龍鍾。」

4 儐，陳列。籩、豆，竹、木兩種高腳食具。飫（ㄩˋ），滿足。

5 愷悌，和樂平易。具，俱。呴（ㄒㄩˇ），和悅。

6 俋俋，力耕貌。〈莊子・天地〉：「俋俋乎耕而不

和樂且呴[5]
俋俋翕翕
如調瑟琴[6]
愷悌既譂
和樂且臻[7]
神之聽之
萃則于純

顧。」翕翕，開合貌。梅堯臣〈寄永叔〉：「夏日永以靜，渴鳥方在枝。張口不能言，翕翕兩翅披。」瑟琴，瑟琴音諧，以喻合好。潘岳〈夏侯常侍誄〉：「子之友悌，合如瑟琴。」

7 譂（ㄊㄢ），吐舌貌。韓愈〈喜侯喜至贈張籍張徹〉：「雜作承間騁，交驚舌互譂。」臻，達到極點。

鹿鳴[1]

呦呦鹿鳴
食野之苹[2]
我有佳士
鼓瑟吹笙[3]
呦呦鹿鳴
食野之蒿
德音孔昭

---

1 見〈小雅・鹿鳴〉。
2 呦呦（一ㄡ），鹿鳴聲。苹，艾蒿。
3 佳士，品才卓異的人。〈二十四品・典雅〉：「玉壺買春，賞雨茆屋，坐中佳士，左右修竹。」鼓，敲擊或彈奏。
4 孔，甚。昭，明曉。是傚，可法效也。
5 芩（ㄑㄧˊㄣ），蒿類植物。
6 式，助詞，表勸誘。燕，通「宴」。敖，遊樂。眉心，雙眉之間。白居易〈春詞〉：「低花樹映小妝樓，春入眉心兩點

君子是傚[4]
呦呦鹿鳴
食野之芩[5]
式燕以敖
悅武眉心[6]
鳴鹿入林
鹿亦有甡[7]

愁。」

7 甡（ㄕㄣ），眾多貌。〈大雅・桑柔〉：「瞻彼中林，甡甡其鹿。」

有頍[1]

有頍者弁
實維何期[2]
爾酒既旨
爾殽既時[3]
豈伊異人
兄弟匪他[4]
匪蔦匪蘿

---

1 見〈小雅・頍弁〉。

2 有頍，舉頭戴帽。弁，貴族戴的皮帽。實，這樣。期，語尾助詞。

3 時，得時，美好。

4 伊，是。匪他，非他人。

5 蔦（ㄋㄧㄠˇ）、蘿，皆攀緣植物。維，語詞。

6 佇俟，肅立敬俟。按：室如懸磬謂容空，心如懸鐘謂心傳。

7 擊目，目擊也。五中，五臟，亦指內心。

8 髮膚，借指身體。〈國語・齊語〉：「沾體塗足，暴其髮膚。」

維柏維松[5]
佇候君子
心如懸鐘[6]
擊目君子
洪澈五中[7]
今夕盡歡
髮膚相奉[8]

遵雲[1]

遵雲路兮
摻子之袪[2]
無惡我兮
不寁故也[3]
遵雲路兮
摻子之手
無魗我兮

---

1 見〈鄭風・遵大路〉等。

2 遵，沿著，循。雲路，遙遠的路程。錢起〈登復州南樓〉：「故人雲路隔，何處寄瑤華。」李子中〈賞花時〉：「一自陽臺雲路杳，玉簪折難覓鸞膠。」摻（ㄕㄢˇ），攬住。袪，衣袂。

3 惡（ㄨˋ），厭倦。寁（ㄐㄧㄝˊ），速，驟然。故，故交。《集傳》：「故舊不可以遽絕也。」

4 魗，同「醜」。好，情好。

5 穀，活著，生。同一，合

不寁好也[4]
穀則異國
則心同一[5]
豈不爾致
謀挈子奔[6]
謂予不信
戟日以明[7]

一。

6不爾致，不致爾也。挈（ㄑㄧㄝˋ），攜，帶。

7謂，認為。戟，戈矛合一的兵器，此指刺擊。

終識[1]

綿綿葛藟
在河之滸[2]
終識兄弟
傾蓋相顧[3]
綿綿葛藟
在河之涘[4]
終得兄弟

---

1 見〈王風・葛藟〉。

2 綿綿，連綿。《集傳》：「長而不絕之貌。」滸，水邊。

3 終，既。傾蓋，道行相遇，並車對語，兩蓋相切也。〈史記・魯仲連鄒陽列傳〉：「白頭如新，傾蓋相故，何則？知與不知也。」

4 涘（ㄙˋ），水邊。

5 傾心，嚮往，仰慕。庾肩吾〈有所思行〉：「悵望情無極，傾心還自傷。」

6 漘（ㄔㄨㄣˊ），水邊。

7 傾身，恭順盡心。〈後漢

傾心相許[5]
綿綿葛藟
在河之漘[6]
終樂兄弟
傾身相成[7]
懷哉懷哉
辟世之親[8]

書・隗囂傳〉：「謙恭愛士，傾身引接。」

8 辟世，避世。〈論語・憲問〉：「賢者辟世，其次辟地，其次辟色，其次辟言。」

炰烋[1]

炰烋既緝
斂怨為德[2]
拒背拒側
維權專攝[3]
莫止莫從
靡明靡晦
式號式呼

1見〈大雅・蕩〉。

2炰烋（ㄆㄠˊ ㄒㄧㄠ），即咆哮。緝，連續不斷。斂怨為德，斂聚作怨之人以為有德而用之。

3背、側，指前後左右的公卿之臣。攝，追索。

4止，儀容。明，白日。晦，夜晚。號呼，狂叫無止。俾，使。

5蜩螗（ㄊㄧㄠˊ ㄊㄤˊ），蟬（鳴）。沸羹，煮沸的湯羹。

6小大，不同的諸侯國。近，幾乎。喪，判離。尚，尚且。乎，於。由

俾夜作晝[4]
國事蜩螗
人心沸羹[5]
小大近喪
尚乎由行[6]
內奰中國
覃及四方[7]

行，一意孤行。

7 奰（ㄅㄧˋ），怒。覃，蔓延。

英玉[1]

彼淇之子
美無度
美無度
殊異乎公路[2]
彼淇之子
美如英
美如英

1見〈魏風・汾沮洳〉。
2無度，無以言傳。公路，職掌諸侯路車的官職。
3英，花，玉。公行（ㄏㄤˊ），職掌諸侯兵車的官職。
4公族，職掌諸侯宗教事務的官職。
5汾，水名，出太原晉陽山西南，入河。方，西南方。曲，水流洄曲之處。

殊異乎公行[3]
彼淇之子
美如玉
美如玉
殊異乎公族[4]
彼汾兮一方
彼汾兮一曲[5]

入彀[1]

抑抑威儀
維德之隅[2]
人亦有言
靡哲不愚[3]
庶人不愚
亦職維疾[4]
哲人之愚

1見〈大雅・抑〉。

2抑抑，端莊嚴肅。維德之隅，密審於容儀者，德必嚴正也。隅，匹偶，相輔。

3人，指古賢。哲，哲人，明智之人。

4亦，助詞，無實義。職，主要。疾，病，天賦所成也。

5戾，反常，一說罪。《鄭箋》：「賢者而為愚，畏懼於罪也。」

6彀（ㄍㄡˋ），牢籠，圈套。優優，豐多美盛貌。〈禮記・中庸〉：「優優

亦維斯戾[5]
匪斯其戾
哲人愚愚
不愚于愚
庶人莫知
盡入其瞉
哲人優優[6]

大哉！禮儀三百，威儀三千。」

壽眉[1]

抑抑威儀
維德之隅
人亦有言
靡哲不愚
庶人之愚
亦職維疾
哲人之愚

1見〈大雅・抑〉
2飾愚，以愚為飾。
3穀，祿位，養。誅，芟除。
4妄言，胡說。〈莊子・齊物論〉：「予嘗為女妄言之，女亦以妄聽之。」壽眉，眉長者壽，故有此稱。

亦維斯戾
匪斯其戾
彼亦飾愚[2]
百愚得穀
一智立誅[3]
哲人妄言
志在壽眉[4]

無侶[1]

抑抑威儀
維德之隅
人亦有言
靡哲不愚
庶人之愚
亦職維疾
哲人之愚

1 見〈大雅・抑〉。

2 箴言，規諫勸誡之言。淤不可瀉，言事少可以對人言。

3 穀，善。黔，同「陰」，與陽對文。

亦維斯戾
匪斯其戾
中積箴言
淤不可瀉[2]
陽維獨轂
黔維一棄[3]
大哲無侶

騂騂[1]

騂騂角弓
翩其反兮[2]
兄弟昏姻
無胥遠兮[3]
此令兄弟
綽綽有裕[4]
不令兄弟

---

1 見〈小雅・角弓〉。

2 騂騂（ㄒㄧㄥ），弓調得好，張弛便易。角弓，兩端施以牛角的硬弓。翩，通「偏」，弓向反面彎曲。《集傳》：「翩，反貌。弓之為物，張之則向內而來，弛之則外反而去。」

3 昏姻，親戚。胥，相互。

4 令，善。綽，寬。裕，饒。有裕，給人寬裕而以有禮讓。

5 瘉（ㄩˋ），病苦，此指殘害。

6 綏綏，舒行安適貌。〈衛

交相為痡[5]
撢之掞之
綏綏伾伾[6]
挺之挏之
吆吆遽遽[7]
切膚切椎
純以之粹

風・有狐〉：「有狐綏綏，在彼淇梁。」伾伾（ㄆㄧ），疾行有力貌。〈魯頌・駉〉：「有騂有騏，以車伾伾。」

7 吆吆（ㄠ），嘆詞。遽遽，急迫貌。宋玉〈神女賦〉：「禮不遑迄，辭不及究。願假須臾，神女稱遽。」

反駒[1]

老馬反駒[2]
不顧其後
如食宜饇
如酌孔取[3]
教猱升木
如塗塗附[4]
君子徽猷

---

1 見〈小雅・角弓〉。
2 駒，少壯的駿馬。
3 饇（ㄩˋ），飽，滿足。孔，多。
4 猱（ㄋㄠˊ），猿猴。升木，上樹。塗（前），泥土。附，附著。
5 徽，美。猷，道。屬（ㄓㄨˇ），效從。《集傳》：「屬，附也。」
6 雨雪，下雪。瀌瀌（ㄅㄧㄠ），雪大。《鄭箋》：「雨雪之盛瀌瀌然。」晛（ㄒㄧㄢˋ），太陽光熱。《毛傳》：「晛，日氣也。」曰，語詞。

小人與屬[5]
雨雪瀌瀌
見晛曰消[6]
莫肯下遺
式居婁驕[7]
如蠻如髦
我是用怓[8]

消，融化。

7 遺，順從，柔順貌。居，通「倨」，傲。婁，通「屢」。

8 蠻，南族之謂。髦，西南族之謂。怓（ㄉㄠ），憂傷。〈齊風・甫田〉：「無思遠人，勞心怓怓。」

舝兮[1]

閒關舝兮
思孌季兮[2]
匪飢匪渴
畸飢畸渴[3]
似析柞薪
綠葉湑湑[4]
鮮我覯兮

---

1 見〈小雅・車舝〉。

2 閒關，車輪運轉聲。舝，車輪上的軸頭鐵。《集傳》：「無事則脫，行則設之。」孌，美好。季，少子。

3 畸，特別。

4 析，劈。湑湑（ㄒㄩˇ），茂盛貌。

5 覯（ㄍㄡˋ），遇見。寫，傾寫而悅樂。

6 屏、翰，喻重臣。〈大雅・板〉：「大邦維屏，大宗維翰。」憲，典範，榜樣。〈書・蔡仲之命〉：「爾乃邁跡自

我心寫兮[5]
之屏之翰
百事為憲[6]
知戢知難
福禔綏艾[7]
忻其有章
弼以成文[8]

身，克勤無怠，以垂憲乃後。」

7 戢，收斂，止息。福禔，幸福安寧。綏，安撫，安享。〈周南・樛木〉：「樂只君子，福履綏之。」艾，年長。

8 忻，心喜。韓愈〈桃源圖〉：「南宮先生忻得之，波濤入筆驅文辭。」弼，糾正，輔佐。

上天[1]

上天同雲
雨雪雰雰
益之霢霂[2]
既優既渥
既霑既足[3]
鼓鐘欽欽
鼓瑟鼓琴

1見〈小雅・信南山〉等。
2上天，冬日。《爾雅》：「冬為上天。」同雲，同為一色之雲，將雪之狀，亦作「彤雲」。雰雰，紛紛也。益，加上。霢霂（ㄇㄞˋㄇㄨˋ），小雨。
3優，充沛。渥，沾潤。沾，浸濕。足，充足。
4欽欽，鐘聲。同音，和調。《鄭箋》：「同音者，謂堂上堂下八音克諧。」
5以，演奏。雅、南，兩種樂器。雅二，大雅小雅。南二，周南召南。
6獻酬，敬酒。《鄭箋》：

笙磬同音[4]
以雅以南
雅二南二[5]
獻酬交錯
丰儀卒度[6]
笑言卒獲
百媚攸酢[7]

「酌賓為獻，又自飲酌賓曰酬。」〈史記‧孔子世家〉：「獻酬之禮畢，……請奏四方之樂。」卒度，全部合乎法度。

7 獲，得體。攸，於是。酢（ㄗㄨㄛˋ），回報。

觱沸[1]

觱沸檻泉
言采其俊[2]
眉武來朝
言觀其擎
赤芾在股
邪幅在下[3]
匪絞匪紓

---

1 見〈小雅・采菽〉。

2 觱（ㄅㄧˋ）沸，泉水湧出貌。檻泉，水溢滿之泉。俊，才智勇武過人者。

3 赤芾，紅色蔽膝。邪幅，裹腿。《鄭箋》：「逼束其脛，自足至膝，故曰在下。」

4 絞，侮慢。紓，怠緩。
瀉，湧動而急流。王安石〈散發一扁舟〉：「秋水瀉明河，迢迢藕花底。」

5 泛泛，漂流貌。紼纚（ㄈㄨˊㄌㄧˊ），繩索以繫。

6 餳（ㄒㄧㄥˊ），眼半開合，

其情如瀉[4]
汎汎南舟
紼纚維之[5]
餳餳眉武
揆之歙之[6]
悠哉游哉
亦是戾矣[7]

朦朧黏滯貌。揆，揣度。〈漢書・董仲舒傳〉：「上揆之天道，下質諸人情。」歙（ㄒㄧ），吸吞。

7 戾，至，極。

傅天[1]

有菀者木
維尚息焉[2]
木紓無蹈
綏自昵焉[3]
俾子靖之
後舒極焉[4]
有莞者木

---

1 見〈小雅・菀柳〉。

2 菀，茂盛。魏應璩〈與從弟君苗君胄書〉：「逍遙陂塘之上，吟詠莞柳之下。」尚，庶幾。

3 蹈，變亂無常。《正義》：「蹈是踐履之名，可以蹈善，亦可以蹈惡，故為動。」昵，親近。

4 靖，安定。極，通「殛」，誅罰，放逐。

5 愒（ㄑㄧˋ），休息。

6 竫，安。〈後漢書・崔駰傳〉：「竫潛思於至賾兮，騁六經之奧府。」玩，鑽研，修煉。嵇康

維尚愒焉[5]
木紓無蹈
竫自玩焉[6]
俾子貢之
後恣邁焉[7]
比翼高飛
天外傅天[8]

〈琴賦〉序：「余少好音聲，長而玩之。」

7 邁，厲，惡虐。

8 傅，靠近，附著。

孌兮[1]

婉兮孌兮
總角丱兮[2]
十年未見
突而弁兮[3]
析新如何
匪銳不克
取子如何

1見〈齊風・甫田〉等。

2婉，孌，美好可愛。《集傳》：「婉、孌，少好貌。」總角，少年將頭髮分束兩端，如羊角。丱（ㄍㄨㄢˋ），兩髻對稱豎起。《毛傳》：「丱，幼稚也。」

3弁，冠，戴冠。男子二十為成年，行冠禮。

4析新，析薪。取子，娶子。荏，柔弱，怯弱。劉向〈說苑・雜言〉：「闕而不荏者，君子比勇焉。」

5止，語詞。矻矻（ㄎㄨˋ），

匪荏不得[4]
既曰得止
衛之矻矻[5]
舞股選兮
射則貫兮[6]
其頤如玉
其脗如烙[7]

勤勞不懈貌。張簡〈醉樵歌〉：「兩肩矻矻何所負？青松一枝懸酒瓢。」

6 選，有節奏。貫，射中。

7 頤，下頷。韓愈〈送侯參謀赴河中幕〉：「君頤始生鬚，我齒清如冰。」脗（ㄨㄣˇ），嘴唇，相合。白居易〈無可奈何歌〉：「靜則脗然與陰合跡，動則浩然與陽同波。」

王事[1]

王事敦適
正事埤益[2]
我入自外
國人徧讁[3]
我已焉哉
事亦天職[4]
自出國門

---

1 見〈邶風・北門〉。

2 敦，敦促。適，督責。埤（ㄆㄧˊ），增益。

3 讁，指摘，責備。

4 天職，上天的安排。〈荀子・天論〉：「不為而成，不求而得，夫是之謂天職。」

5 殷殷，隱然痛也。

6 窶（ㄐㄩˋ）、貧，《毛傳》：「窶者，無禮也；貧者，困於財。」蹇，困厄。〈易・蹇〉：「蹇，難也，險在前也。」

7 毖，通「泌」，泉水湧流貌。《集傳》：「泉始出

憂心殷殷[5]
終窶且貧
莫道蹇辛[6]
毖彼泉溪
亦流于淇
有懷淇水
廓然心霽[7]

之貌。」廓然，阻滯盡除貌。高啟〈評史六篇〉：「廓然而雲銷，渙然而冰釋。」霽，雨止天晴。王昌齡〈何九於客舍集〉：「山月空霽時，江明高樓曉。」

朝隮[1]

朝隮于西
終朝其雨[2]
之子成行
不負佳期[3]
蝃蝀在東
七色橫空[4]
之子成奔

1見〈鄘風・蝃蝀〉等。

2隮（ㄐㄧ），虹。終朝，從旦至食時。

3佳期，約會的日期。梁武帝〈七夕〉：「妙會非綺節，佳期乃良年。」

4蝃蝀（ㄉㄧˋ ㄉㄨㄥ），虹，有龍蛇之象。七色，多色。江淹〈構象臺詞〉：「雲八重兮七色，山十影兮九形。」橫空，橫越天空。陸游〈醉中作〉：「卻騎黃鶴橫空去，今夕垂虹醉月明。」

5奔，相戀之人私自結合。鍾，彙聚，集中。《世說

昔之所鍾[5]
乃如之人
大有信節[6]
揆之于木
椅桐梓漆[7]
以作琴瑟
卜云臧吉[8]

新語》：「聖人忘情，最下不及情；情之所鍾，正在我輩。」
6信節，忠貞。顧況〈瑤草春〉：「執心輕子都，信節冠秋胡。」
7揆，度量。椅、桐、梓、漆，皆樹名，其木可製琴瑟。
8卜云，卦辭所言。臧，好。

貪亂[1]

潝潝訿訿
亦孔之哀[2]
謀之其臧
則具是違
謀之不臧
則具是依[3]
維此哲人

---

1 見〈小雅・小旻〉。

2 潝潝（ㄒㄧ），彼此附和。訿訿（ㄗˇ），詆毀，毀謗。亦孔之哀，實在很可怕。

3 謀之四句，言善者則違之，其不善者則從之。

4 瞻言，有遠見的言論。〈大雅・桑柔〉：「維此聖人，瞻言百里。」

5 疪人，禍害之人。覆，反而。

6 轉背，轉身間，喻時間短促。李白〈贈宣城太守〉：「迴旋若流光，轉背落雙戈鳶。」詈（ㄌㄧˋ），罵

瞻言百世[4]
維彼疵人
覆狂以喜[5]
匪不能言
轉背詈諑[6]
民之貪亂
甯為荼毒

責。孟郊〈秋懷〉十五：「詈言不見血，殺人何紛紛。」諑，毀謗。〈離騷〉：「眾女嫉余之蛾眉兮，謠諑謂余以善淫。」

鳩鳴[1]

宛彼鳩鳴
翰飛入雲[2]
我心遐思
念念故情[3]
不寐有懷
疇昔二人[4]
人之齊聖

1見〈小雅・小宛〉。
2宛彼，宛宛，小的樣子。翰飛，振翅高飛。《集傳》：「翰，羽。」
3念念，心念接著心念。〈顏氏家訓・歸心〉：「若有天眼，鑒其念念隨滅，生生不斷，豈可不怖畏邪。」
4疇昔，往日。李白〈贈從弟南平太守之遙〉：「一朝謝病遊江海，疇昔相知幾人在？」
5克，能。溫，溫和恭敬。《鄭箋》：「飲酒雖醉，猶能溫藉自持以勝。」

如酒克溫[5]
彼愚無知
壹醉日紛[6]
至性敬儀
不又天稟[7]
良稚然知
式穀循循[8]

---

6 壹醉，為醉。壹，專門。

7 敬，謹慎。儀，行為。又，佑助。〈周易・無妄〉：「天命不佑。」

8 良知，先天具有的德識。〈孟子・盡心上〉：「人之所不學而能者，其良能也；所不慮而知者，其良知也。」式，以，用。穀，善道。《集傳》：「教誨爾子，則用善而似之可也。」

柳斯[1]

苑有柳斯
鳴蜩嘒嘒[2]
有漼者淵
萑葦淠淠[3]
譬我流木
久莫知屆[4]
迺有狂雉

---

1 見〈小雅‧小弁〉。

2 嘒嘒（ㄏㄨㄟˋ），象聲詞。

3 漼（ㄘㄨㄟˇ），水深貌。萑葦，蘆葦。淠淠（ㄆㄧˋ），茂盛貌。

4 譬，比喻。屆，至，到。

5 狂（ㄍㄨˋㄥ），騰空。趙翼〈颶風歌〉：「可憐鸛鵲亦不飛，恐被狂出青天外。」—棲，禽鳥歇宿。左思〈詠史〉：「巢林棲一枝，可為達士模。」

6 辰，時運。

7 蒼蒼，指天。蘇曼殊〈天涯紅淚記〉：「然吾今生雖搶百憂……唯蒼蒼者知吾心事

緣木以棲[5]
日照東麗
風雨西啼
天之生我
維辰舛吉[6]
蒼蒼秉意
詭不可測[7]

耳。」秉意，執意。詭，奇譎變幻。

為猷[1]

哀哉為猷
匪民是程
匪大是經[2]
邇言厥聽
邇言厥爭[3]
與道謀室
曷克于成[4]

---

1 見〈小雅・小旻〉。

2 猷，方略。程，效法。經，依據。

3 邇言，淺近低劣之詞。爭，爭論。《集傳》：「其所聽而爭者，皆淺末之言。」

4 道，道行之士。室，築室之法。《集傳》：「如將築室而與行道之人謀之，人人得為異論，其能有成也哉？」

5 靡止，不大。止，極，大。聖，達理。《集傳》：「聖，通明也。」

6 膴膴，眾多，肥沃。〈大

國雖靡止
或聖或否[5]
民雖膴膴
或哲或謀
或肅或艾[6]
譬如橫流
淪胥以敗[7]

雅・錦〉：「周原膴膴，堇荼如飴。」或哲或謀，有明哲者，有聰謀者。或肅或艾，有恭肅者，有治理者。

7 橫流，水不循道而氾濫。孔融〈薦禰衡表〉：「洪水橫流，帝思俾義。」曾燦〈舟次〉：「一葉信如此，橫流何處安。」淪胥，率皆。

棠棠[1]

棠棠者淇
其髦湑兮[2]
我覯之子
我心寫兮
是以有譽[3]
棠棠者淇
其鬌紫兮

---

1 見〈小雅・裳裳者華〉。

2 棠棠，鮮明美盛貌。髦，少年額前的垂髮。湑（ㄒㄩˇ），茂盛貌。

3 覯，遇見。寫，暢快。譽，通「豫」，安樂。

4 似，通「嗣」，繼承。

5 素雪，白雪。司馬相如〈美人賦〉：「流風洌慘，素雪飄零。」曹植〈朔風〉：「今我旋止，素雪雲飛。」睢恣，即恣睢（ㄙㄨㄟ），縱心肆志也。〈楚辭・遠遊〉：「欲度世以忘歸兮，意恣睢以擔撟。」

我覯之子
維其有之
是以似之[4]
維其有至
是以矢之
維其素雪
是以睢恣[5]

淞江[1]

瞻彼淞江
維水黃黃
之子屬兮
鞞琫有光[2]
思子年年
結廬在望
瞻彼吳流

---

1 見〈小雅・瞻彼洛矣〉

2 屬（ㄓㄨˇ），依附。鞞琫（ㄅㄧˇ ㄅㄥˇ），刀鞘上的飾物。《毛傳》：「（刀鞘）下曰鞞，上曰琫。」

3 濊（ㄏㄨㄟˋ），水波紋。濊濊，水波的聲響。

4 宣，疏通溝渠。《集傳》：「導其溝洫也。」畝，整理田壟。《集傳》：「治其田疇也。」

維波浹浹[3]
之子入懷
豔福聚酬
思子歲歲
結廬在猷
乃宣乃畝[4]
百事運籌

醉止[1]

賓既醉止
載號載呶[2]
亂我籩豆
屢舞僛僛[3]
是曰既醉
不知其郵[4]
側弁之俄

---

1 見〈小雅・賓之初筵〉。

2 止，語詞。號，叫喊。呶，喧譁。

3 籩（ㄅㄧㄢ），祭、飲所用的竹製高足食器。《集傳》：「籩，竹豆也。豆，木豆也。」僛僛（ㄑㄧ），醉舞貌。

4 郵，通「訧」，過失。

5 側弁（ㄅㄧㄢˋ），歪戴帽子。俄，傾斜貌。傞傞（ㄙㄨㄛ），醉舞不止。

6 伐德，有失德行。

7 溫溫，溫柔而和氣。《鄭箋》：「溫溫，柔和也。」抑抑，優雅而謹

屢舞傞傞[5]
醉而不出
是謂伐德[6]
惟子之醉
溫溫抑抑[7]
令儀孔嘉
與我同秩[8]

重。《毛傳》：「慎密也，美也。」

8 孔，很。秩，身份。《毛傳》：「秩，常（規）也。」

魚在[1]

魚在在藻
有頒其首[2]
予在在故
豈樂飲酒[3]
魚在在藻
有莘其尾[4]
予在在故

---

1 見〈小雅・魚藻〉。

2 在（前），何在乎，悠然之貌。頒（ㄈㄢˊ），大頭貌，魚搖動其首。

3 豈樂，即愷樂，歡樂。

4 莘（ㄕㄣ），長貌，魚擺尾而行。

5 蒲，蒲草，水生，葉長而尖。

6 那（ㄋㄨㄛˊ），安舒。《鄭箋》：「那，安貌……其居處那然安也。」

酒飲樂豈
魚在在藻
依于其蒲[5]
予在在故
有那其居[6]
頒首莘尾
溫鑒其舉

采菽[1]

采菽采菽
筐之筥之[2]
雉子來朝
何錫飼之[3]
叔賢叔賢
任之俠之[4]
迎風揚眉

---

1 見〈小雅・采菽〉。

2 菽，大豆，豆類植物。筐、筥（ㄐㄩˇ），皆為盛物的竹器，方曰筐，圓曰筥，此為盛裝之意。

3 雉子，幼雉，雉者羽色美而尾去，性好伏，其子身小。杜甫〈絕句漫興〉之七：「筍根雉子無人見，水上鳧雛傍母眠。」錫，賜。

4 賢，賢才。任俠，勇為之士。劉澤湘〈過西山辟支生墓〉：「散盡千金交任俠，拚將一劍報恩仇。」

5 予，贈與。

雖無予之[5]

路車駢驥

玄袞及黼[6]

及馳及騁

及縱及擒

遲擒若鑄

倏縱若殞[7]

---

6 路車，貴族所乘的一種車。《鄭箋》：「人君之車曰『路車』。」駢驥，駿馬並駕，〈論語・憲問〉：「驥不稱其力，稱其德也。」袞（ㄍㄨˇㄣ），五侯龍繡之服。《鄭箋》：「玄袞，玄衣而畫以卷龍也。」黼（ㄈㄨˇ），黑白花紋的禮服。《集傳》：「黼如斧形，刺之於裳也。」

7 鑄，熔煉而為器。〈管子・任法〉：「猶金之在爐，恣冶之所以鑄。」倏，疾速。陶潛〈飲酒〉之三：「一生復能幾？倏如流電驚。」殞，毀亡，墜落。秦觀〈阮郎歸〉：「無端銀燭殞秋風，靈犀得暗通。」

躡景[1]

嗟爾孺子
無恒安處[2]
靖共爾位
正直是與[3]
嗟爾良子
無恒安浸[4]
靖共爾位

---

1 見〈小雅・小明〉。

2 嗟，歎息聲。安處，處之坦然安泰。

3 靖，敬。共，恭。與，親近。《集傳》：「與，猶助也。」

4 浸，寢。

5 艶（ㄐㄧˋㄥ），幽深。李華〈寄趙七侍御〉：「玄猿啼深艶，白鷴戲蔥蒙。」

6 易易，簡易。〈禮記・鄉飲酒義〉：「吾觀於鄉，而知王道之易易也。」一是，一概，統一。

7 躡景（ㄋㄧˋㄝ ㄧˇㄥ），追逐日影，言其疾速。曹植

好貯艷貞[5]
大哲無恒
易易為恒
一是如恒[6]
不祥不振
聽之躍之
追光躡景[7]

〈七啟〉：「忽躡景而輕騖，逸奔驥而超遺風。」嵇康〈兄秀才公穆入軍贈詩〉：「風馳電逝，躡景追飛。」

權之[1]

權之罔極
職諒善背[2]
為民不利
如云不克[3]
民之回遹
職競用力[4]
民之未戾

1見〈大雅・桑柔〉。

2罔極，無法度，不可測知。職，主。善背，背善的倒文。

3不克，不勝，不盡。

4回遹（ㄩˋ），邪僻。職競，專事競逐之事。

5未戾，不安分。盜，寇，指搜刮掠奪。

6諒，懇切，誠懇。覆背，反背。詈（ㄌㄧˋ），罵。

7既，依然。

8圭、璧，禮神之玉。〈周禮・考工記〉：「圭璧五寸，以祀日月星辰。」

寧，竟然。

職盜為寇[5]
諒曰不可
覆背善詈[6]
雖曰非予
既作爾歌[7]
圭璧既盡
寧莫我聽[8]

日益[1]

國之方懠
無為夸毗[2]
威儀卒迷
善人載尸[3]
民之方呻
莫誰敢揆[4]
喪亂蔑資

1見〈大雅‧板〉。

2懠（ㄑㄧˊ），憤怒。夸，過份。毗，附炎趨勢。《毛傳》：「夸毗，體柔人也。」

3威儀，指禮節。卒，全部。迷，喪失。載，則。屍，成為屍，比喻無所作為。《白虎通義》：「失氣亡神，形體獨陳。」

4揆，度量，考察。

5蔑，無。惠，施恩。

6辟，邪僻。

7牖，通「誘」，誘導。《集傳》：「牖，開明也，猶言天啟其心也。」益，增益。

莫惠眾庶[5]
民之多辟
無自立辟[6]
牖民孔易
誠信立極
如取如攜
攜之日益[7]

方難[1]

國之方難
無然憲憲[2]
勢之將蹶
無然泄泄[3]
政之輯矣
民之洽矣[4]
令之懌矣

---

1 見〈大雅・板〉。

2 無然，不要這樣。憲憲，喜樂貌。《毛傳》：「猶欣欣也。」

3 蹶（ㄍㄨㄟˋ），變動，動亂。《傳疏》：「蹶訓動，猶擾亂也。」泄泄，通「詍詍」，多言之貌。《毛傳》：「猶遝遝也。」

4 輯，和順。洽，和諧。

5 懌（ㄧˋ），敗壞。莫，通「瘼」，疾苦。

6 即，往就。謀，商談。囂囂，傲慢。《集傳》：「自得不肯受言之貌。」

民之莫矣[5]
我獨異己
不爾同槽
我即爾謀
厥聽囂囂[6]
先人有言
詢于芻蕘[7]

7 芻蕘（ㄖㄠˊ），樵夫。

嘒彼[1]

嘒彼小星
三五在東[2]
𩆜𩆜西來
所懷實豐
惟命是從[3]
嘒彼小星
維參與昴[4]

---

1 見〈召南・小星〉。

2 嘒，清潔，光明。三五，《集傳》：「三五言其稀，蓋初昏或將旦時也。」

3 𩆜，快速貌。木華〈海賦〉：「𩆜昱絕電，百色妖露。」命，禮命之數。《集傳》：「命，天所賦之分。」

4 參昴，參三星，昴五星。《集傳》：「參昴，西方二宿之名。」

5 饁（ㄧㄝˋ），往田野送飯。

6 熛（ㄅㄧㄠ），風迅疾貌。〈司馬相如列傳〉：「儵

⿱雨儵⿱雨儵中宵
負酒饁肴
惟命是召[5]
奪門如熛
解衣磐礴[6]
袒裼凭床
體膚炫熿[7]

眒淒洌，雷動熛至，星流霆擊。」解衣磐礴，脫衣箕坐，意定神閒貌。

7 袒裼，脫去上衣或左袖。〈禮記・內則〉：「不有敬事，不敢袒裼。」炫熿，顯耀，閃耀。溫庭筠〈鴻臚寺四十韻〉：「颭灩蕩碧波，炫熿迷橫塘。」江淹〈水上神女賦〉：「日炫熿以朧光，樹葳蕤而蔥粲。」

振鷺[1]

振鷺于飛
越彼西雝[2]
我客戾止
亦有斯容[3]
在彼有頌
在此有諷
夙夜匪懈

---

1 見〈周頌・振鷺〉等。
2 振鷺於飛，狀振羽之容。雝（ㄩㄥ），水澤。
3 戾，急至。止，語詞。斯容，儀容雍容。
4 譽，有聲譽。
5 率履，信步所之。不越，不逾矩。
6 遂視，遂心觀看。發，施行。相士，卜辭之士。
7 截，斬而以齊，率服。

終難譽永[4]
大國是達
率履不越[5]
遂視既發
相土曰吉[6]
振鷺于旋
海外有截[7]

營營[1]

營營青蠅
止于榛
讒人罔極
構我二人[2]
營營青蠅
止于棘
讒人罔極

1 見〈小雅・青蠅〉。

2 營營，喧囂而亂聽。《毛傳》：「往來飛貌。」罔，無。極，停止。何楷《古義》：「罔極，謂陰險變幻，無所底極。人罔極，則其言亦罔極也。」構，羅織罪名陷害於人。《孔疏》：「構者，構合兩端，令二人彼此相嫌，交相惑亂。」

3 交，更迭，一個接一個。

4 樊，籬笆。愷悌，和樂平易。

交亂四國[3]
營營青蠅
止于樊
愷悌君子[4]
無信讒言
讒阻于哲
哲人烹讒

胡逝[1]

彼何人斯
胡逝我梁[2]
不入我門
彼何人斯
胡逝我陳[3]
我聞其聲
不見其身

1見〈小雅・何人斯〉。
2逝，往。梁，橋。
3陳，堂下至院門的通道。
4易，平和而喜悅。
5否難知，難知也。

彼何人斯
胡逝我井
祇攪我心
爾還而入
我心易也[4]
還而不入
否難知也[5]

壹者[1]

彼何人斯
其為風飄
胡不自北
胡不自南
爾之安行
亦不遑舍[2]
爾之亟行

1見〈小雅・何人斯〉。
2遑，閒暇。舍，休息。
3脂，以脂膏塗車軸。
4壹者，前次。《傳疏》：「壹者，猶言乃者。」祇（ㄑㄧˊ），通「疷」，憂病。

遑脂爾車[3]
爾還而入
我心易也
還而不入
否難知也
壹者之來
俾我祇也[4]

維昔[1]

維昔之富
不如時污[2]
維今之疚
不如此穢[3]
彼疏斯粺
胡不自替[4]
源之竭矣

1見〈大雅・召旻〉。

2不如，未嘗若（是）。

3疚，通「疚」，窮困，貧病。穢，荒蕪。〈韓詩外傳〉：「政險失民，田穢稼惡。」

4彼，指小人。疏，糙米。斯，指賢良。粺（ㄅㄞˋ），精米。替，廢棄。

5云，語詞。頻，頻取。

6中，內裡，源頭。《毛傳》：「泉水從中以溢者也。」

7溥斯，普遍。烖，降災。古人災與害並言。《鄭箋》：「烖，謂見誅伐。」我

不云自頻[5]
泉之涸矣
不明自中[6]
溥斯害矣
不烖我躬[7]
我相此邦
無不潰癰[8]

躬，危及自身。
8 潰癰，決破的膿瘡。

人有[1]

人有土田
厥反沒之
人有生權
厥覆奪之
此宜無妄[2]
厥亟收之
彼宿巨慝[3]

1見〈大雅・瞻卬〉。
2宜，當。
3巨慝（ㄊㄜˋ），大奸大惡之人。
4賈，做生意。
5維，只。予胥忌，即胥忌予。胥，猶是。忌，猜怨。
6云，語詞。殄瘁，危困。

厥迭脫之
賈亦三倍[4]
厥利百之
舍爾階亂
維予胥忌[5]
人之云亡
邦國殄瘁[6]

瞻卬[1]

瞻卬昊天
則不時惠[2]
孔填莫寧
國之大厲[3]
邦靡有定
人士其瘵[4]
蟊賊蟊疾

1見〈大雅・瞻卬〉。
2卬，同「仰」，望。昊天，皇天。惠，憐惜，仁愛。
3填，古「塵」字，長久。《鄭箋》：「甚久矣，天下不安。」厲，惡，禍亂。
4瘵（ㄓㄞˋ），困苦。《毛傳》：「瘵，病也。」
5蟊（ㄇㄠˊ），害苗之蟲，喻惡人。蟊賊蟊疾，言害禾稼之蟲，害禾稼之狀。夷，語詞。屆，終止。
6罪，捕魚的竹網。罟，網，比喻法網。《毛傳》：「罪

漠無夷屆[5]
罪罟不收
昏椓內訌[6]
鞫人忮忒
譖始竟背[7]
豈曰不極
伊胡為慝[8]

罟，沒罪以為罟。」昏椓，閹人。

7 鞫（ㄐㄩˊ），窮屈。忮（ㄓˋ），忌害。忒，變詐。譖，進讒。背，反復。

8 極，限度。伊，語詞。慝（ㄊㄜˋ），邪惡。

白圭[1]

白圭之玷
尚可磨也
斯言之玷
不可為也[2]
視爾君子
輯柔爾顏
不遐有愆[3]

---

1 見〈大雅・抑〉。

2 圭，瑞玉也，上圓下方。玷，白玉上的斑點。《鄭箋》：「玉之缺，尚可磨鑢而平。」為，治。《通釋》：「為亦摩也……不可為，猶言不可磨，變文以與磨為韻耳。」

3 輯，和悅。柔，順從。遐，通「胡」，何。愆，過失。

4 相，譬若。屋漏，住室西北上開天窗，日光入室而稱漏。不愧屋漏，言不於暗處行事。

5 云，語詞。覯，見。

相在爾室
不愧屋漏[4]
無曰不顯
莫予云覯[5]
神之格思
不可度思
矧可射思[6]

6 格，來到。思，語詞。矧（ㄕㄣˇ），況且。射，通「斁」（ㄧˋ），厭倦。

方虐[1]

世之方虐
無然嬉躍[2]
介人灌灌
小子蹻蹻[3]
匪夷言耄
爾用憂謔[4]
多將熇熇

1見〈大雅・板〉等。

2無然，莫如此。

3介人，善人，才德之士。灌灌，猶款款，情意懇切貌。小子，子弟，年輕人。蹻蹻（ㄐㄩㄝˊ），輕薄驕縱貌。

4憂，通「優」，優謔，玩笑話。

5熇熇（ㄏㄜˋ），火勢熾盛。顛仆，倒下。揭，樹根蹶起貌。

6本，樹木的根幹。撥，通「敗」，壞。殷鑒，殷商之鑒。

不可救藥
人亦有言
顛仆之揭[5]
枝葉未害
本實先撥
斯可殷鑒[6]
何求占卜

不肖[1]

維彼不肖
征以中垢[2]
貪夫敗類
聽言立對
誦言如醉
職涼善背[3]
維此价人

1見〈大雅・桑柔〉等。
2中垢，不順之人行不順之事以得恥辱。《毛傳》：「中垢，言暗冥也。」
3聽言，順耳之音。對，對答。誦言，諂媚之語。職，只。涼，不厚德。
4价人，善人。《集傳》：「大德之人也。」遵，引遁。時，以時。晦，韜晦。
5時，時機。純，廣大。熙，光明。是，於是。
6龍，同「寵」。錫，賜予。
7介，助。

遵養時晦[4]
時純熙矣
是用大備[5]
天龍受之
錫福以追[6]
罷釣于渭
以介眉壽[7]

有客[1]

有客有客
亦白其馬
有萋有苴
敦琢其旅[2]
客不宿宿
客不信信[3]
言授之縶

1 見〈周頌・有客〉。
2 亦，語詞。白其馬，其馬白也。萋苴，茂盛貌。《通釋》：「萋、苴雙聲字，皆狀其從者之盛。」敦琢，雕琢。旅，侶，從者。
3 宿宿，過夜。信信，再宿。
4 縶，絆馬繩。徂（ㄘㄨˊ），往。

豈縶其心
薄言追之
已徂西行[4]
維客匪客
其馬天白
東無伯樂
西有樂伯

自度[1]

自度其心
貊其有音[2]
其鑒克明
克明克類[3]
克長克君
克慈克親[4]
居岐之陽

1見〈大雅・皇矣〉等。

2度，使有節度。《毛傳》：「心能制義曰度。」貊，通「莫」，清靜。

3克，能夠。類，辨別善惡。

4長，師長。君，人君。慈，仁愛。親，和睦。〈書・堯典〉：「克明俊德，以親九族。」

5岐，岐山，今位陝西境內，周祖自豳遷居此地。將，旁，側。

6不，通「丕」，大。式，採用。

在渭之將[5]
不聞亦式[6]
有欲則剛
比若古仙
臨水自媚
高臥不欠
詒厥孫謀[7]

7 欠，身體略微抬起。詒，通「貽」，遺留。謀，宏圖。

尊之[1]

尊之尊之
天維顯思
無曰高高[2]
陟降厥事
日鑒在茲
維予木子
敬而仰止

---

1 見〈周頌・敬之〉等。

2 維，語詞。顯，明察。陟降厥事，升降之事在天。

3 日就月將，日月推移，日久月長。

4 緝熙，光明積漸擴大。仔肩，負擔。德言，善言。

5 懲，警戒。《集傳》：「懲，有所傷而知戒也。」毖，謹慎。荓（ㄆㄧㄥˊ）蜂，牽引扶持。易，變更。

日就月將
緝熙光明[3]
弘道仔肩
播厥德音[4]
懲毖後患
莫予荓蜂
不易者命[5]

屢盟[1]

君子屢盟
亂是用長[2]
君子信盜
亂是用暴[3]
盜言孔甘
亂是用餤[4]
匪其止共

1見〈小雅・巧言〉。

2是用，因此。

3盜，誕虛之言。暴，猛烈。

4餤（ㄊㄢˊ），進食，加劇。

5止，通「職」，職位。共，通「供」，供職。邛（ㄑㄩㄥˊ），病害。

6奕奕，壯觀貌。《毛傳》：「奕奕，大貌。」作，興建。

7秩秩，宏偉貌。猷，謀略。《鄭箋》：「猷，道也。」莫，通「謨」，謀劃。

維人之邛[5]
奕奕明堂
君子作止[6]
秩秩大猷
哲人莫之[7]
他人有心
予忖度之

犨息[1]

彼都有子
狐裘黃黃
其容不改[2]
彼都有子
台笠緇撮[3]
髮直如綢
充耳琇實

---

1 見〈小雅・都人士〉。

2 都，國都。容，儀態。

3 台笠，莎草所製之笠。緇（ㄗ），玄色的綢或布。撮，固緇冠之物。綢，絲也。

4 琇，美石。實，美好。《通釋》：「《孟子》：『充實之謂美。』」厲，衣帶下垂的裝飾部分。《毛傳》：「厲，帶之垂者。」旗（ㄩˊ），旗的一種，此為揚起。

5 裴回，徘徊。犨（ㄔㄡ）息，牛息聲。

垂帶而厲
匪垂匪直
帶則有餘
發則有旗[4]
既我見兮
從我裴回
鞶息入懷[5]

僩兮[1]

僩兮僩兮
方將烈舞[2]
夜之方午
在前上處
碩人俁俁[3]
華庭烈舞
有力如虎

---

1 見〈邶風・簡兮〉。

2 僩（ㄒㄧㄢˋ），勇武貌。方將，正在。

3 俁俁（ㄩˇ），魁偉之美。《毛傳》：「容貌大也。」

4 剉，磨擦。

肱股如剉[4]
山有栩
隰有芝
云誰之思
西方美倜
彼美倜兮
西方之人兮

桑扈[1]

交交桑扈
有鶯其羽[2]
君子樂胥
得天之異[3]
交交桑扈
有鶯其領
君子樂胥

1見〈小雅・桑扈〉。

2桑扈，青雀。鶯羽，鳥羽有文采。《集疏》：「形容羽領文章之美。」

3胥，語詞。異，特別優待。

4屏，蔽也。《詩緝》：「屏，塞門，所以蔽外也。」

5之，此。翰，棟樑。百辟，諸侯。憲，法則。

6兕觥（ㄙˋ ㄍㄨㄥ），形如兕的酒器。觩（ㄑㄧㄡˊ），彎曲貌。思，語詞。

7敖，謔浪貌。

萬南之屏[4]
之屏之翰
百辟為憲[5]
兕觥是觩
旨酒思柔[6]
爾姣爾敖[7]
從我如流

白華[1]

白華菅兮[2]
白茅束兮
之子萬里
俾我獨兮
英英白雲
露彼菅茅[3]
天步維難

1見〈小雅・白華〉。

2菅（ㄐㄧㄢ），漚製的白華，可織席編筐。

3英英，同「泱泱」。《集傳》：「英英，輕明之貌。」露，普潤萬物。

4天步，命運。猶，圖謀。

5扁，小貌，卑意。卑，低。

6懆懆（ㄘㄠˇ），憂愁不安貌。邁邁，輕慢怒恨貌。

之子亂猶[4]
有扁斯石
履之卑兮[5]
念子懆懆
視我邁邁[6]
之子無良
二三其罷

捷捷[1]

捷捷幡幡[2]
謀欲貪財
豈可爾欺
既其女遷[3]
貪人好好
哲人草草[4]
蒼天蒼天

1見〈小雅・巷伯〉。
2捷捷，附耳私語。《毛傳》：「口舌聲。」幡幡，反復無常。
3既，不久。女，通「汝」。遷，放逐。
4好好，喜悅貌。草草，憂愁貌。《毛傳》：「草草，勞心也。」
5務，操勞。
6適，往就。畀（ㄅㄧˋ），給予。

視彼貪人
務此哲人[5]
彼貪人者
誰適與謀
取彼謀婦
投畀豺虎[6]
豺虎不食

采綠[1]

終朝采綠
不盈一匊[2]
予髮曲局
薄言歸沐[3]
終朝采藍
不盈一襜[4]
五日為期

1 見〈小雅・采綠〉。

2 終朝，自天明至食時。綠，通「菉」，草名，即藎草，可染綠色。匊，同「掬」。

3 曲局，捲曲。薄皆言，語詞。沐，洗髮。

4 藍，草名，即靛青，可染青色。襜（ㄔㄢ），衣前圍裙。

5 詹，至，楚地方言。

6 韔（ㄔㄤˋ），弓袋，弓入袋。

7 綸，纏結釣繩。

8 必，信賴。

六日不詹[5]
之子于狩
言韔其弓[6]
之子于釣
言綸之繩[7]
薄言觀之
中心必之[8]

心之[1]

心之憂矣
如或結之
今茲之人
胡然厲矣[2]
終其永懷
又窘陰雨[3]
其車既載

---

1 見〈小雅・正月〉。

2 結，鬱結，纏結。厲，暴虐。

3 終，既。永，長久。懷，憂傷。窘，為……所困。

4 輔，加固車輪的兩根直木。

5 載（前），則。載（後），所載之物。輸，墜落。將，請。伯，同輩中之年長者。

6 員，增加。輻，輻條。

7 踰，越過。曾，怎能。是，指這種情況。

乃棄爾輔[4]
載輸爾載
將伯助予[5]
無棄爾輔
員于爾輻[6]
終踰絕險
曾是不屬[7]

倬彼[1]

倬彼雲漢
為章于天[2]
王者壽考
遐不作人[3]
瞻彼旱麓
榛楛濟濟[4]
愷悌君子

---

1 見〈大雅・棫樸〉等。

2 章，文章，文采。

3 遐，何。作，培育，變舊造新。

4 旱，山名。麓，山腳。榛、楛（ㄏㄨˋ），皆木名。《集傳》：「榛似栗而小，楛似荊而赤。」

5 干，求。

6 追琢，指修養。《毛傳》：「追，雕也。金曰雕，玉曰琢。」相，本質。

7 鎩，剪羽，傷殘。矢，誓。

于祿愷悌[5]
追琢其喪
金玉敗相[6]
鳶鐵魚腹
無一成仁
王延壽考
矢不作人[7]

大風[1]

大風有隧
有空大谷[2]
維此良儒
作為式穀[3]
維彼不順
征以中垢[4]
大風有隧

1見〈大雅・桑柔〉。
2隧，迅急。空，深。
3式，用。穀，善。
4征，行。中垢，內裡污濁，心地醜惡。
5聽言，順耳之言。誦言，諷諫之言。讎，同「仇」。
6覆，反而。
7蔭，庇護。赫，威嚇。

貪人敗類
聽言則隨
誦言如[illegible][5]
匪用其良
覆俾我悖[6]
既之蔭汝
反予來赫[7]

為慝[1]

哲夫成城
狡婦傾城
黠厥狡婦
為梟為鴟[2]
婦有長舌
維厲之階[3]
亂匪自天

1 見〈大雅・瞻卬〉。
2 成，成就。城，城牆，國家。梟，不孝的惡鳥。鴟（ㄔ），鴟鷹。
3 厲，禍亂。階，梯，根源。
4 時，是。寺，近侍。
5 譖，進讒。始，欺騙。
6 慝，邪惡。

生自婦人
匪教匪誨
時維婦寺[4]
鞫人忮忒
譖始竟背[5]
豈曰不極
伊胡為慝[6]

采苓[1]

采苓采苓
首陽之巔[2]
人之偽言
苟亦無信[3]
舍旃舍旃
苟亦無然
胡得偽言[4]

---

1 見〈唐風・采苓〉。

2 苓，蕪菁。首陽，山名，今山西永濟縣南。

3 苟，誠然。無信，不要相信。

4 旃（ㄓㄢ），代詞，指偽言。舍旃，置之不理。無然，不要以為是。

5 菲，蘆菔。奧，山坳深曲之處。

采菲采菲
首陽之奧[5]
人之偽言
苟亦有思
舍旃舍旃
苟亦有主
胡得偽言

有杕[1]

有杕之杜
生于道周[2]
彼君子兮
噬肯適我[3]
中心好之
彼君子兮
噬肯來遊

---

1 見〈唐風・有杕之杜〉等。

2 杕（ㄉㄧˋ），樹木挺立貌。杜，甘棠，棠梨。周，通「右」，一說隅曲，角落。

3 噬，語詞。肯，能。適，往來迎娶。

4 燠（ㄩˋ），暖和。六、七，指六、七節衣，諸侯服飾的規制。

中心好之
好之日結
豈曰無衣
不如子衣
粲且燠兮
六兮七兮
不如子衣[4]

緇衣[1]

緇衣之宜
敝予又改[2]
適子之體
授子之嶄[3]
緇衣之好
敝予又造
適子之體

---

1 見〈鄭風・緇衣〉。

2 緇（ㄗ）衣，黑色帛做的朝服。宜，合體。敝，破舊。

3 嶄，好，很。

4 葆，珍愛。

5 蓆，寬大。

授子之葆[4]
緇衣之蓆
敝予又疊
適子之體
授子之熨[5]
心如緇衣
惟之子體

終風[1]

終風且暴
我顧則笑[2]
謔浪倨敖
中心是悼[3]
終風且霾
之子復來[4]
莫往莫來

---

1 見〈邶風・終風〉。

2 終……且……，即既……且……。顧，回首。

3 謔，以言相戲。浪，放蕩而氣高。敖，調笑。悼，憂懼。《毛傳》：「悼，傷也。」

4 霾，塵土飛揚，日光暗淡。《毛傳》：「霾，雨土也。」之，此。

5 莫，不。礫，碎石。宋玉〈高唐賦〉：「礫磊磊而相摩兮，巆震天之磕磕。」

6 曀曀（ㄧˋ），天色晦暗。《毛傳》：「陰而風曰曀。」虺虺，雷聲。《集

中心礫磊[5]
曀曀其陰
虺虺其雷[6]
寤言不寐
中心躪蹂[7]
天實為之
謂之何哉

傳》：「雷將發而未震之聲。」

7 言，語詞。躪蹂，踩踏。李斗《揚州畫舫錄》：「馬足紛隨定何礙，躪蹂惟惜麥苗芒。」

日居[1]

日居月諸
照臨下土[2]
乃如之人
逝不古處[3]
胡能有定
寧不我顧
逝不相好

---

1 見〈邶風・日月〉。
2 居、諸，皆語詞。照臨，光芒所及。下土，大地。
3 乃，卻。如，如是。逝，語詞。古，通「故」，《集傳》：「古處（ㄔㄨˇ），以古道相處也」。
4 德音，指德性。述，循情理。《毛傳》：「述，循也。」
5 泯，消除。孔穎達〈《春秋正義》序〉：「漢德既興，儒風不泯。」

寧不我報
乃如之人
胡能有定
德音無良
報我不述[4]
胡能有定
俾也可泯[5]

江有[1]

江有汜
之子歸
不我以
不我以
其後也悔[2]
江有渚
之子歸

1 見〈召南・江有汜〉。
2 汜（ㄙ），分流而又回歸的水流。《集傳》：「水決復入為汜。」以，用，需要。其後，將來。悔，懊悔。
3 渚，水中小洲。發，表達，花開。李商隱〈無題〉之二：「春心莫共花爭發，一寸相思一寸灰。」
4 過，探望。《集傳》：「謂過我而與俱也。」
5 隊（ㄉㄨㄛˋ），墜落，深陷。皮日休〈吳中苦雨〉：「一苞勢欲隊，將

不我發[3]
江有沱
之子歸
不我過[4]
不發不過
其後也陊
我嘯我歌[5]

撐乏寸木。」嘯，傷懷以號。《集傳》：「蹙口而出聲。」

翀雉[1]

翀雉于飛
下上其音[2]
展矣孺子
實勞我心[3]
瞻彼日月
悠悠我思
道之云遠

1 見〈邶風・雄雉〉。

2 翀（ㄔㄨㄥ），高上直飛。紀昀《閱微草堂筆記》：「譬威風之翀雲，翩沒影於遙空。」音，鳴叫，單出曰聲，雜比曰音。

3 展，誠實，可信。《集傳》：「言誠又言實，顧以甚言此君子之勞我心也。」勞，憂思。

4 曷，何時。《鄭箋》：「何時能來，望之也。」

5 百，眾。爾，你們。德行，有內外之稱，在心為德施之曰行。」

6 忮（ㄓˋ），妒忌。求，

曷云能歸[4]
百爾孺子
莫知德行[5]
不忮不求
何用不臧[6]
亟忮亟求
爾其喪亡

貪求。何用，何以。臧，善。

偠㒟[1]

東方日矣
彼偠㒟子
在我室兮[2]
在我室兮
履我即兮[3]
東方月兮
彼偠㒟子

1見〈齊風・東方之日〉等。

2日，日出。偠㒟（ㄧˇㄠ ㄋㄧˇㄠ），體態婀娜。偠，細腰。㒟，舞者㒟身若環。錢謙益〈祭王二溟方伯文〉：「徵歌激越，選舞偠㒟。」室，內室。

3履，躡，跟隨足跡。即，行，足跡。

4闥（ㄊㄚˋ），門屏之間。《毛傳》：「闥，門內也。」

5發，足，行跡。

6樊，藩也，籬笆。圃，種植蔬果苗木的園地。偲

在我闥兮[4]
在我闥兮
履我發兮[5]
折柳樊圃
偲夫瞿瞿[6]
偠茲取儴
彼偠儴子

（ㄙㄞ），多鬚之貌。瞿瞿，瞪視貌。

于征[1]

之子于征
有聞無聲[2]
允矣君子
展也大成[3]
內維柔剛
外維剛柔
瞻彼中原

---

1 見〈小雅・吉日〉等。

2 之子，那人。聞，聽。聲，喧譁聲。《集傳》：「聞師之行而不聞其聲。」

3 允，實在。展，誠然。

4 中原，原中。祁，大（獸）。孔有，富足。

5 儦儦（ㄅㄧㄠ），野獸跑功貌。俟俟（ㄙˋ），野獸行走貌。《毛傳》：「趨則儦儦，行則俟俟。」或群或友，獸聚之貌。《毛傳》：「獸三日群，二日友。」

6 阜，土山。《毛傳》：

其祁孔有[4]
儦儦俟俟
或群或友[5]
悉率左右
以旋之周
升彼大阜
從其群醜[6]

「高山曰陸，大陸曰阜，大阜曰陵。」從，追逐。醜，眾也。《鄭箋》：「田而升大阜，從禽獸之群眾也。」

沔彼[1]

沔彼流水
朝宗于海[2]
鴥彼飛隼
載飛載揚[3]
念彼不蹟
載起載行[4]
心之憂矣

---

1 見〈小雅・沔水〉。

2 沔（ㄇㄧㄢˇ），水漲滿貌。朝宗，子孫參拜宗廟，借指百川歸海。《鄭箋》：「水流而入海，水就大也。……諸侯春見天子曰朝，夏見曰宗。」於至。

3 鴥（ㄩˋ），鳥在巢穴。揚，飛舉，飛騰。蘇轍〈雙鳧觀〉：「誰知野鳥不能化，豈必雙履能飛揚？」

4 不蹟，謠言無形跡。載起載行，起來倒下，謂憂念之深。

不可弭忘[5]
鴥彼飛隼
率彼中陵[6]
婦之訛言
寧莫之懲[7]
子亦謬矣
讒言其興

5弭，停息。
6率，循，沿著。中陵，陵中，山谷也。
7訛，詐偽。寧，為何。懲，制止。

皎皎[1]

皎皎白駒
賁然來思[2]
生芻一束
其人如玉[3]
任爾優游
勉爾遁思[4]
皎皎白駒

---

1 見〈小雅・白駒〉。

2 皎皎，潔白貌。賁（ㄅㄧˋ）然，盛飾，有光彩貌。《通釋》：「賁然，蓋狀馬來疾行之貌。」

3 生芻，青草。其人如玉，《鄭箋》：「如玉者，取其堅而潔白。」

4 勉，通「免」，打消。遁，迂，離去。

5 場苗，田中豆苗。

6 縶（ㄓˊ），拴。維，繫。永，延長。

食步場苗[5]
縶之維之
以永今朝[6]
所謂伊人
於焉逍遙
逍遙其身
無有遐心

丘中[1]

丘中有麻
彼留子差
將其施施[2]
丘中有麥
彼留子國
將其食食
丘中有李

1 見〈王風・丘中有麻〉。
2 留，留住。《集傳》：「丘中有麻之處，復有與之私而留之者。」子差，與下文子國、子玖、子高，皆美子也。將，希望。施施，喜悅。《鄭箋》：「施施，舒行伺間，獨來見己之貌。」
3 敖敖，身材高䠷。《鄭箋》：「敖敖，猶頎頎也。」
4 式，表勸令，相當「應」。陶陶，和樂貌。

彼留子玖
將其佩佩
丘中有桃
彼留子高
將其敖敖[3]
式相投好
將其陶陶[4]

扤我[1]

天之扤我
如不我克[2]
彼求我則
如不我得[3]
執我仇仇
亦不我力[4]
謂室蓋天

---

1 見〈小雅・正月〉。

2 扤（ㄨˋ），動搖，挫折。如，而。克，能。

3 則，語尾助詞，哉。不我得，不得我。

4 執我，待我。仇仇（ㄑㄧㄡˊ），簡慢。不我力，不我用。

5 蓋，通「盍」，何。局，通「跼」，曲身。

6 蹐（ㄐㄧˊ），小步走。《毛傳》：「蹐，累足也。」

7 號，呼也。斯，則。倫、脊，道理也。

8 虺，蜥狀毒蛇。

不敢不局[5]
謂婦蓋地
不敢不蹐[6]
維號斯言
有倫有脊[7]
哀今之人
胡為虺蜴[8]

凶矜[1]

有菀者柳
不尚息焉[2]
彼人甚蹈
無自暱焉[3]
俾予靖之
後予極焉[4]
俾予靖之

---

1 見〈小雅・菀柳〉。

2 不……焉，表肯定。

3 蹈，喜怒無常。暱，親近。

4 靖，安定。極，通「殛」，誅罰，放逐。

5 邁，厲，虐。

6 傅，靠近，到達。

7 臻，至，來到。

8 矜，禍端，危險。

後予邁焉[5]
有鳥高飛
亦傅于天[6]
彼人之心
于何其臻[7]
曷予靖之
免此凶矜[8]

漸漸[1]

漸漸之木
維其高矣[2]
山川悠遠
維其勞矣[3]
伊人西征
不遑朝矣[4]
漸漸之木

---

1 見〈小雅・漸漸之石〉。
2 漸漸（ㄔㄢˊ），同「巉巉」，高峻貌。維，正因為。
3 勞，通「遼」。《鄭箋》：「其道里長遠，邦域又勞勞廣闊。」
4 遑，閒暇。
5 沒（ㄇㄛˋ），盡，盡頭。

維其茂矣
山川悠渺
曷其沒矣
伊人西征
不遑出矣
俾滂沱矣
不遑他矣

有命[1]

有命自天
命此文王
于周于京[2]
篤授武王
保右命爾
燮伐大商[3]
牧野洋洋

1見〈大雅・大明〉。
2周，周地。京，鎬京。
3篤，厚，天降厚恩。右，通「佑」，輔助。燮（ㄒㄧㄝˋ），和，協調。伐，討伐。
4洋洋，廣闊貌。檀車，車輪檀木所製，泛指兵役之車。煌煌，鮮明貌。駟，一車四馬。騵（ㄩㄢˊ），赤身白腹之馬。彭彭，強壯貌。《毛傳》：「有力有容也。」
5師，太師。尚父，即呂望。時，是。鷹揚，喻勇猛奮發。亮，輔助。

檀車煌煌
駟騵彭彭[4]
維師尚父
時維鷹揚
亮彼武王[5]
肆伐大商
會朝清昌[6]

6肆，疾速。會，正當。朝，黎明。

旟旐[1]

旟旐有翩
亂生不夷
靡國不泯[2]
民靡自愚
具禍以燼[3]
於乎有哀
國步斯頻[4]

---

1 見〈大雅・桑柔〉。

2 旟（ㄩˊ），繪有鳥隼圖案的旗幟。旐（ㄓㄠˋ），繪有龜蛇圖案的旗幟。翩，旗幟飄動舒張。亂，戰亂。夷，平定。靡國，沒有哪個諸侯國。泯，亂。

3 黎，眾，多。具，通「俱」。燼，滅，死。

4 國步，國家的命運。斯，乃。頻，危急。

5 蔑，通「滅」，無。將，扶助。

6 止，停留。疑，安定。秉心，存心。無競，沒有止境。

國步蔑資
天不我將[5]
靡所止疑
秉心無競[6]
誰生厲階
至今為梗
云徂何往[7]

---

7 厲階，禍端。階，梯，指根源。梗，病。徂，去，往。

上權[1]

上權板板
下民卒癉[2]
出話不然
為猶不遠[3]
靡聖管管
不實於亶[4]
猶之未遠

1見〈大雅・板〉。
2板板，邪僻，反常。卒，通「瘁」，勞病。癉（ㄉㄢ），痛苦。
3不然，不正確。為，制定。猶，同「猷」，謀略。
4靡，無，沒有。管管，隨心所欲。《毛傳》：「無所依也。」《鄭箋》：「王無聖人之法度，管管然以心自恣。」實，忠實於。亶（ㄉㄢˇ），誠信。
5是用，因此。大，深切地。
6難，降下災禍。無然，莫

是用大諫[5]
天之方難
無然憲憲[6]
天之方蹶
無然泄泄[7]
辭之輯矣
民之洽矣[8]

如是。憲憲，欣欣然。

7 蹶，動亂。泄泄（ㄧˋ），笑語沓沓貌。

8 辭，政令。輯，和諧。洽，融樂。

復屆[1]

有客有客
亦白其馬
有髯有鬘[2]
敦琢其體
有客宿宿
有客信信
言授之縶

1見〈周頌・有客〉。

2髯，頰毛，泛指鬍鬚。〈莊子・列御寇〉：「美髯長大，壯麗勇敢。」鬘，秀美的頭髮。夏完淳〈與李舒章書〉：「家慈之鬘雲既脫，四寡共居。」

3陽陽，鮮明貌。央央（ㄧㄥ），鈴聲和諧。

4追，送別。《集傳》：「追之，已去而復還之，愛之無已也。」綏，安撫。

5屆，至，到。〈書・大禹謨〉：「惟德動天，無遠

以縶其白
龍旂陽陽
和鈴央央[3]
薄言追之
左右綏之[4]
賢賢易色
其白復屆[5]

弗屆。」

雝雝[1]

雝雝在宮

肅肅在廟[2]

不顯亦臨

無射亦保[3]

戎疾不殄

烈假不瑕[4]

不聞亦武

1見〈大雅・思齊〉。

2雝雝（ㄩㄥ），和悅貌。肅肅，莊敬貌。廟，供奉祭祀祖先之處。〈大雅・綿〉：「作廟翼翼。」《毛傳》：「君子將營宮室，宗廟為先。」

3不，通「丕」，盛大。顯，光明。臨，臨視，察看。射（ㄧˋ），通「斁」，厭倦。保，安撫。

4戎疾，戰禍與瘟疫。殄（ㄊㄧㄢˇ），絕，消除。不，兩處皆為助詞，無實義。烈、假，皆指病也。

5聞，先例。亦，就。武，

不諫亦入[5]
成人有德
小子有造[6]
古人無斁
斯士譽髦[7]
大任思齊
則百雄彪[8]

採納。入，採用。

6 造，成就。《毛傳》：「造，為也。」

7 譽，選擇。

8 思，語詞。齊，通「齋」，誠敬，美好。百，眾。

絲衣[1]

絲衣其紑
載弁俅俅[2]
自堂徂基
自童及牡[3]
鼐鼎及鼒
兕觥其觩[4]
旨酒思柔

---

1 見〈周頌・絲衣〉等。

2 紑（ㄈㄡˊ），鮮明潔淨。載，戴。弁，禮帽。俅俅，恭順貌。

3 堂，廟堂。基，牆根。

4 鼐、鼎、鼒（ㄗ），皆為烹牲之器，大鼎為鼐，小鼎為鼒。兕觥，用兕牛角製的酒杯。觩，彎曲貌。

5 柔，綿軟柔和。吳，大聲說話。《毛傳》：「吳，嘩也。」胡考，壽考，老人。休，喜樂。

6 遵，引遁。養，保養。時晦，與時俱晦。純，大。熙，光明。蹻蹻（ㄐㄧˇㄠ），

不吳不紏
胡考之休[5]
遵養時晦
時純熙懋
蹻蹻濆冑[6]
是用大介
方用龍受[7]

狀武貌。冑，披帽型頭盔。

7 大介，大興甲兵。龍，同「寵」。

如遺[1]

習習谷風
維風兮雨[2]
宿難宿患
維予與汝[3]
將安將逸
予轉屏汝[4]
習習谷風

1見〈小雅・谷風〉等。

2習習，即「飄飄」，大風之聲。谷風，東風。

3宿，素常，一向。與，跟隨。

4將，且，乃。轉，反而。屏，摒棄，放逐。王僧孺〈秋閨怨〉：「風來秋扇屏，月出夜燈吹。」

5頹，暴風，旋風。

6寘，同「置」。《集傳》：「置於懷，親之也。」

7遺，丟棄。《鄭箋》：「如遺者，如人行道，遺忘物，忽然不省存也。」

8遷，去，拋棄。

維風兮頽[5]
宿恐宿懼
相寘于懷[6]
將舒將裕
鄙汝如遺[7]
圖利亡義
既其汝遷[8]

甫田[1]

無田甫田
維莠驕驕[2]
無思遠人
勞心忉忉[3]
無田甫田
維莠桀桀[4]
無思遠人

---

1 見〈齊風・甫田〉等。

2 無田，無人耕耘。甫田，面積廣大的田地。莠，似苗而不結穀的雜草。驕驕，高而茂盛。

3 忉忉（ㄉㄠ），憂念貌。

4 桀桀，茂盛貌。

5 怛怛（ㄉㄚˊ），憂惴貌。

6 防，堤岸。《集傳》：「防，人所築以捍水者。」邛（ㄑㄩㄥˊ），土丘。旨，美。苕（ㄊㄧㄠˊ），紫葳草，生於低窪之地。

7 侜（ㄓㄡ），欺騙，蒙蔽。切切，敬重切磋勉勵貌。〈大戴禮記・曾子立

勞心怛怛[5]
防有鵲巢
邛有旨苕[6]
誰侜予美
心焉切切[7]
誰侜予美
心焉惕惕[8]

事〉：「導之以道而勿強也，宮中雍雍，外焉肅肅，兄弟憘憘，朋友切切。」

8 惕惕，憂勞貌。

高沙[1]

高沙之圯
無冬無夏
值其鷺羽[2]
高沙之垚
無冬無夏
值其鷺翿[3]
高沙之湄

---

1 見〈陳風・宛丘〉等。

2 沙，水旁沙地。圯（ㄧˊ），橋。值，執，手持。《孔疏》：「常持其鷺鳥羽翳，身而舞也。」

3 垚，同「堯」，累土以高。翿（ㄉㄠˋ），舞具。合聚鳥羽於柄首，其形下垂如蓋。

4 湄，水草交際之處。俁俁（ㄩˇ），魁偉。《毛傳》：「俁俁，容貌大也。」

5 扶搖，盤旋而上。

6 臻，至，來到。賂，贈送財物。《毛傳》：「賂，遺也。」

俁俁仲子[4]
婆娑其背
之子湯沃
扶搖終朝[5]
于差穀旦
于臻穀道
大賂南寶[6]

昌兮[1]

猗嗟昌兮
頎而長兮[2]
懿若顙兮
媚目暘兮[3]
趾趨蹌兮
膂則峭兮[4]
猗嗟孌兮

---

1 見〈齊風・猗嗟〉。

2 猗嗟，歎美之辭。昌，盛。《通釋》：「昌之本義為美言，引申為凡美盛之稱。」頎，身長貌。

3 懿，美。若，代詞，你。顙（ㄙㄤˇ），額頭。暘，明亮。江淹〈丹砂可學賦〉：「故從師而問道，冀幽路之或暘。」

4 趨蹌，步子快慢有節奏。膂，脊背。

5 孌，健美。《毛傳》：「孌，壯好貌。」清，目之美。揚，眉之美。婉，美好。

清揚婉兮[5]
舞則選兮
射則貫兮[6]
四矢反兮
以禦亂兮[7]
禮既成兮
不出正兮[8]

6舞，射技表演前，射者持弓矢和樂而舞。選，齊，指合拍。貫，穿通。

7四矢，行射禮時四箭為一輪。反，重複於一處。亂，禍亂。

8正（ㄓㄥ），箭靶中心。

鴻飛[1]

鴻飛遵渚
公歸無所
於爾信處[2]
鴻飛遵陸
公歸不復
於爾信宿[3]
有袞衣兮

---

1 見〈豳風・九罭〉等。

2 遵，沿著。信，再宿，住兩夜。

3 宿，住宿。《毛傳》：「宿，猶處也。」

4 袞衣，王與公侯所穿繡有捲龍的禮服。無，無使。

5 缺，破損。斨（ㄑㄧㄤ），方孔斧。錡（ㄑㄧˊ），鑿類工具。吪（ㄜˊ），改變，震動。

6 碩膚，心寬體胖之象。德音，令聞，美好的聲譽。不瑕，不無。瑕，通「遐」。

無公歸兮[4]
缺斯缺錡
邦國是吪[5]
哀我人斯
無以歸公
公孫碩膚
德音不瑕[6]

子褎[1]

有杕之杜
其葉湑湑[2]
獨行踖踖
豈無他人
不我同俠[3]
有杕之杜
其葉菁菁

1 見〈唐風・杕杜〉等。

2 杕（ㄉㄧˋ），樹木孤立貌。杜，杜梨、甘棠。湑湑（ㄒㄩˇ），茂盛貌。

3 踖踖（ㄐㄧˊ），恭敬而敏捷貌。俠，氣格具有俠義之風。〈文心雕龍・體性〉：「嗣宗俶儻，故響逸而調遠；叔夜俊俠，故興高而采烈。」

4 菁菁，繁茂。《毛傳》：「菁菁，葉盛也。」睘睘（ㄑㄩㄥˊ），孤獨。《毛傳》：「睘睘，無所依也。」風，風操，風範。〈孟子・萬章下〉：「故聞伯夷之風者，頑夫廉，

獨行睘睘
豈無他人
不我同風[4]
謂我居居
維子之舊
謂我究究
維子之褎[5]

懦夫有立志。」

5 居居、究究，皆傲慢不相親近也。褎，通「袖」。

仲門

仲門有桃
綠水映繚
仲也淳鈞
惟我佩行
疇昔然矣[1]
仲門有李
紫靄連雩

---

1 淳鈞，古劍名，大銳劍也。〈抱樸子・博喻〉：「淳鈞之鋒，驗於犀兕；宣慈之良，效於明試。」疇昔，往日。李白〈贈從弟南平太守之遙〉：「一朝謝病游江海，疇昔相知幾人在？」

2 靄，雲氣，繚繞。倪瓚〈六月五日偶成〉：「坐看青苔欲上衣，一池春水靄餘暉。」雩（ㄩˊ），虹。琨珸，昆吾，以吾石所煉鑄的名劍，切玉如泥。攸，乃。嗣，繼承。

3 粉桃郁李，酣紅醉綠之象。香溪漁隱〈鳳城品

仲也琨珸
惟我歌嗚
攸今嗣矣[2]
粉桃郁李
傖傋莫知
下自成蹊[3]
一我所履

花記〉：「不當執流俗見，徒以粉桃郁李雜投也。」傖，粗俗鄙陋。傋（ㄍㄡˋ），愚昧無知。蹊，小路。〈史記・李將軍傳贊〉：「桃李無言，下自成蹊。」

保艾[1]

之其多矣
取其嘉矣[2]
之其旨矣
取其偕矣[3]
之其秩矣
取其時矣[4]
南有樛木

1見〈小雅・南有嘉魚〉等。

2嘉，善，美。

3旨，味美。偕，備。《鄭箋》：「魚既美又齊等。」

4秩，常。時，適時。

5樛（ㄐㄧㄡ），樹枝向下彎曲，曲木。瓠（ㄏㄨˋ），葫蘆。纍，繞纏，結滿。

6鵻（ㄓㄨㄟ），鵓鴣。烝然，眾多之貌。

7式燕，用宴。衎（ㄎㄢˋ），和樂。

8樂，鼓樂。只，語詞。恣睢，放任自得貌。〈楚

甘瓠纍之[5]
翩翩者鵻
烝然來思[6]
君子有酒
式燕以衎[7]
樂只君子
恣睢保艾[8]

辭・遠遊〉：「欲度世以忘歸兮，意恣睢以擔撟。」保艾，安養。

以濯[1]

憂心慇慇
念我土宇[2]
我生不辰
逢天僤怒[3]
自東徂西
靡所定處[4]
多我覯痻

---

1 見〈大雅‧桑柔〉。

2 慇慇，深憂厚傷貌。《毛傳》：「慇慇，痛也。」土宇，指國邦或家鄉。

3 不辰，不適時。僤（ㄉㄢˋ）怒，厚怒。

4 定處，安居。

5 覯，通「遘」，遇見。痻（ㄇㄧˊㄣ），病，災禍。孔，甚。棘，急。圉（ㄩˇ），邊疆。

6 毖，謹慎。斯，則。削，削平。

7 告，勸告。憂恤，憂念體恤。序爵，以功論位，選賢任能。

孔棘我圉[5]
為謀為毖
亂況斯削[6]
告爾憂恤
誨爾序爵[7]
誰能執熱
逝不以濯[8]

---

8 執，手持。熱，燙物。逝，語詞。濯，沖洗。

如陵[1]

肅肅在廟
雝雝在宮
神罔時怨
神罔時恫[2]
佛時仔肩
示顯德隆[3]
高高在上

---

1 見〈大雅・思齊〉等。

2 罔，無。時，是。恫，悲傷。

3 佛，通「弼」，輔助。仔肩，擔負，以賢相保。隆，盛。

4 序，緒，事業。

5 似，嗣續。以似二句，言嗣前歲之有，繼往事之無。

6 庶幾，幾乎。永終，長久。

7 三壽，泛指老人。岡，山背。陵，大土山。

序思不忘[4]
以似以續
續古之曠[5]
庶幾夙夜
以永終令[6]
三壽作朋
如岡如陵[7]

差池[1]

燕燕于飛
差池其羽
遠送于濱
瞻望弗及[2]
燕燕于飛
下上其音
瞻望弗及

1見〈邶風・燕燕〉。

2燕燕，燕子。於飛，在飛翔。差池，參差，上下飛動貌。瞻，遠望。

3佇立，久立而待。

4任，姓。只，語詞。塞淵，其心誠實而深遠。慎，誠。

5勖（ㄒㄩˋ），勉勵。

佇立以思[3]
仲子任只
其心塞淵
終溫且惠
淑愼其身[4]
先賢之思
以勖良人[5]

中林[1]

瞻彼中林
甡甡其鹿[2]
友朋已僭
不胥以穀[3]
古亦有言
進退維谷[4]
嗟我良士

1見〈大雅・桑柔〉。
2中林，林中。甡甡，通「莘莘」。《集傳》：「眾多並行之貌。」
3已，以。僭，隱約，彷彿。〈南齊書・樂志〉：「瞻辰僭思，雨露追情。」胥，相。以穀，為善，友好。
4維，為。谷，窮盡。
5迪，進用，相競逐。
6忍心，指忮狠強梁之人。篤，專一。

弗求弗迪[5]
嗟彼忍心
唯利是篤[6]
人之貪亂
寧為荼毒
匪言不能
一去不復

不我[1]

不我能慉
反以我陷[2]
既阻我德
賈我于歉[3]
昔恐育鞠
及爾顛覆[4]
既生既裕

---

1 見〈邶風‧谷風〉。

2 慉（ㄒㄩˋ），憐愛。陷，害。

3 阻，止，拒絕。賈（ㄍㄨˇ），售出。

4 育，生存。鞠，窮困。顛覆，顛沛流離，困頓。

5 削，侵削。

6 聚，蓄積，儲集。冓，通「構」，室。中冓，隱私。

倚我以削[5]
我有旨聚
亦以御冬
中冓起意[6]
掠我自豐
大無貞信
不知正命

芄蘭[1]

芄蘭之支
童子佩觿[2]
雖則佩觿
能不我知[3]
容兮遂兮
垂帶悸兮[4]
芄蘭之葉

---

1 見〈衛風・芄蘭〉。

2 芄（ㄨㄢˊ）蘭，蔓生植物蘿摩，葉長柄，結莢實兩兩對出如佩角錐。支，通「枝」。觿（ㄒㄧ），解繫帶的骨製錐子。

3 能，乃。知，相愛。《通釋》：「不我知，謂不與我相匹合。」

4 容、遂，行止從容貌。《集傳》：「容、遂，舒緩放肆之貌。」悸，垂帶飄動。

5 韘（ㄕㄜˋ），板指。甲（ㄒㄧㄚˊ），親暱。《毛傳》：「甲，狎也。」

童子佩韘
雖則佩韘
能不我甲[5]
容兮遂兮
垂帶悸兮
芄蘭既折
白乳啜啜[6]

---

6 啜啜，滲出如泣噎之貌。

如晦[1]

風雨淒淒
雞鳴喈喈[2]
未見君子
云胡能夷[3]
風雨瀟瀟
雞鳴膠膠[4]
未見君子

1 見〈鄭風・風雨〉。

2 淒淒，寒涼之意。喈喈（ㄐㄧㄝ），鳥和鳴聲，此指雞叫不止。

3 夷，平靜，喜悅。

4 瀟瀟，風雨之聲。膠膠，雞鳴之音。

5 瘳（ㄔㄡ），病癒，指愁苦消除。

6 晦，昏黑，暗淡。已，止。

云胡能瘳[5]
風雨如晦
雞鳴不已[6]
既見君子
云胡不喜
雞鳴不已
風雨如晦

蒹葭[1]

蒹葭蒼蒼
白露為霜
所謂伊人
在水一方[2]
遡洄從之
道阻且長
遡洄從之

---

1 見〈秦風‧蒹葭〉。

2 蒹葭（ㄐㄧㄢ ㄐㄧㄚ），初生的蘆葦。蒼蒼，茂盛的蒼青色。一方，水之一邊。

3 遡，逆流而行。洄，旋流。從，追逐。坻（ㄔˊ），水中小洲。

4 湄，水草交際之處。涘（ㄙˋ），水涯。采采，茂盛的翠青色。

宛在水中央
宛在水中坻[3]
終在水中止
水之湄
水之涘
白露未已
蒹葭采采[4]

有卷[1]

有卷者阿
飄風自南[2]
豈弟君子
來游來歌
以矢其音[3]
豈弟君子
爾彌爾性[4]

1見〈大雅・卷阿〉。
2卷（ㄑㄩㄢˊ），山勢蜿蜒。《毛傳》：「卷，曲也。」阿，大的丘陵。飄風，旋風。
3矢，舒發，陳述。音，指心志。
4彌，通「弭」，止息。性，性情，性命。
5茀，通「祓」，福。嘏（ㄍㄨˇ），賜福。常，久。《鄭箋》：「予福曰嘏，使女大受福以為常。」
6馮（ㄆㄧㄥˊ），忠誠滿於內。翼，威儀盛於外。《毛傳》：「有馮有翼，道可

爾受命長
茀祿爾康
純嘏爾常[5]
有馮有翼
有貞有德[6]
以引以越
為四海則[7]

以馮依以為輔翼也。」貞，誠信，言行抱一。〈論語・衛靈公〉：「子曰：君子貞而不諒。」

7 越，勝過。蘇軾〈薦布衣陳師道狀〉：「文詞高古，度越流輩。」則，法。

思樂[1]

思樂泮水
薄采其芹[2]
采茆采藻
其馬蹻蹻[3]
其旂茷茷
其言昭昭[4]
既飲旨酒

---

1 見〈魯頌・泮水〉。

2 泮（ㄆㄢˋ）水，泮宮前的水池。諸侯所設學宮曰泮宮。薄，語詞。

3 茆（ㄇㄠˇ），蒓菜。蹻蹻（ㄐㄧㄠˇ），強壯勇武貌。

4 茷茷（ㄆㄟˋ），通「旆旆」，旗飛揚貌。昭昭，洪亮。

5 錫，賜予。

6 長道，常道。屈，通「黜」，收服。宵，小。

7 色，和顏悅色。匪怒伊教，謂教而無怒。

8 邁，行。大、小，言其尊卑。

永錫難老[5]
順彼長道
屈此群宵[6]
載色載笑
匪怒伊教[7]
從公于邁
無大無小[8]

其靁[1]

殷殷其靁
南山之陽
振振君子
歸我如償[2]
殷殷其靁
南山之側
振振君子

1 見〈召南・殷其雷〉。

2 殷殷（ㄧㄣˇ），雷聲滾滾。振振，仁厚。償，酬報。

3 擲，投拋。

4 瀉，傾注。

5 斯，此。違，遠。《集傳》：「何斯，斯此人也。違斯，斯此所也。」遑，閒暇。

歸我如擲[3]
殷殷其靁
南山之下
振振君子
歸我如瀉[4]
何斯違斯
莫敢或遑[5]

泂彼[1]

泂彼行潦
挹彼注茲
可以濯溉[2]
豈弟君子
我之攸塈[3]
泂彼行潦
挹彼注茲

1見〈大雅・泂酌〉等。
2泂（ㄐㄩㄥˇ），遠。行潦（ㄌㄠˇ），路旁積水。挹，舀。注，灌。溉，通「概」。漆尊，酒器。
3塈（ㄒㄧˋ），息止，安好。
4餴（ㄈㄣ），蒸飯。饎（ㄔˋ），酒食。
5風，音，曲調。肆，極盡。矢，陳列。藐藐，美盛貌。

可以餴饎[4]
豈弟君子
我之攸歸
柔惠且直
君子蹻蹻
其風肆好
矢詩藐藐[5]

子衿[1]

青青子衿
悠悠我心
俟我乎巷
悔予不即[2]
青青子佩
悠悠我思
俟我乎堂

---

1 見〈鄭風・子衿〉等。

2 衿，衣領。《毛傳》：「青衿，青領也，學子之所服。」俟，等。予，我。

3 佩，佩玉。將，同往。

4 豐，容貌豐滿。昌，健壯美盛。

5 挑達（ㄊㄧㄠ ㄊㄚˋ），走來走去。《毛傳》：「挑達，往來相見貌。」闕，城門兩邊的樓觀。

悔予不將[3]
子之丰兮
子之昌兮[4]
挑兮達兮
在城闕兮[5]
縱我不往
子寧不來

叔于田[1]

叔于藪
火烈具舉[2]
襢裼如垾
獻肯如俎[3]
叔于藪
火烈具揚
叔善射忌

1 見〈鄭風・大叔于田〉。
2 藪，水少草茂的湖澤。《毛傳》：「藪，澤，禽之府也。」烈，通「列」，持火燒草，遮斷群獸逃散的路。具，俱。
3 俎，祭祀盛牲體的几形禮器，木製，漆飾。
4 良，善於。忌，語詞。
5 抑，發語詞。磬控，操縱自如。《毛傳》：「騁馬曰磬，止馬曰控。」縱，發放。送，追逐。《毛傳》：「發矢曰縱，從禽曰送。」《通釋》：「磬控，雙聲字。縱送，疊韻

又良御忌[4]
抑磬控忌
抑縱送忌[5]
叔于藪
火烈具都
摩之以肱
摩之以股

字……皆言逐者馳逐之貌。」

伯氏[1]

伯氏吹壎
仲氏吹篪[2]
及爾如貫
諒不我貪[3]
出此二物
以懟爾斯[4]
為鬼為蜮

---

1 見〈小雅・何人斯〉。

2 壎（ㄒㄩㄣ），陶製吹奏樂器。篪（ㄔˊ），竹製管樂器。壎、篪合奏聲音和諧。

3 及爾，與你。如貫，以繩貫穿。諒，誠然。

4 懟，怨恨。徐復祚〈投梭記〉：「地老天荒時雖逝，風淒露冷心無懟。」

5 蜮（ㄩˋ），相傳一種能含沙射人的水中動物。

6 有靦（ㄊㄧㄢˇ），面目可見。罔，無。極，準則。

7 極，追究。反側，反復無常。

則不可得[5]
有靦面目
視人罔極[6]
作此苦歌
以極反側[7]
仲兮伯兮
篪橫壎直

因心[1]

因心則友
則友其昌
則篤其慶[2]
載錫之光
受祿無喪[3]
無矢我陵
我陵我阿[4]

---

1 見〈大雅・皇矣〉。

2 因心，循心，發自內心。友，友愛。《集傳》：「善兄弟曰友。」慶，善。

3 載，乃。錫，恩賜。喪，止。

4 矢，陳列，陳兵。阿，山岡。

5 度，視。鮮（ㄒㄧㄢˇ）原，山地與平原。陽，南面。

6 將，側。方，榜樣。

無飲我泉
我泉我池
度其鮮原
居美之陽[5]
在歐之將
萬邦之方[6]
文靈之王

詢爾[1]

詢爾仇方
同爾兄弟[2]
以爾鉤援
與爾臨衝[3]
臨衝閑閑
崇墉言言[4]
執訊連連

---

1 見〈大雅・皇矣〉。

2 仇方，友邦，鄰邦。同，協調，合協。兄弟，同姓者也。

3 鉤援，即鉤梯，攻城的器具。臨衝，兩種戰車的名稱，臨者，於上臨下，衝者，從傍衝突。

4 閑閑，戰車滾動向前。《毛傳》：「閑閑，動搖也。」墉，城牆。言言，高大貌。

5 執訊，捕捉俘虜。連連，連屬不斷。攸，所。馘（ㄍㄨㄛˊ），割敵左耳以計功。安安，眾多貌。

攸馘安安[5]
是類是禡
是致是附[6]
是攻是肆
是絕是忽[7]
四方以無侮
四方以無拂[8]

---

6 類，祭天神。禡（ㄇㄚˋ），祭戰神。致，使其還付。附，使其來附。

7 伐，征討。肆，襲擊。絕，殄絕。忽，討滅。

8 拂，違抗。《集傳》：「拂，戾也。」

帝謂[1]

帝謂文王
予懷明德[2]
不大聲色
不長以革
不識順則[3]
帝謂文王
詢爾仇方

---

1 見〈大雅・皇矣〉。

2 懷，眷念。明德，高尚的道德。

3 大，張揚，著重。聲，聲威。色，形諸顏色。長，依恃。以，與也。革，鞭革，刑罰。識，知識，刻意。

4 悔，遺恨。施，延傳。

同爾弟兄
與爾臨衝
以伐中墉
于嗟文王
其德靡悔
既受帝祉
施于孫子[4]

穆穆[1]

穆穆文王
天命靡常[2]
多士膚敏
祼將于京[3]
厥作祼將
常服黼冔[4]
王之藎臣

---

1 見〈大雅・文王〉。
2 穆穆，容止端莊恭敬。靡常，無常。
3 膚，壯美。敏，聰敏。祼（ㄍㄨㄢˋ），以酒祭神或敬客的儀式。將，酌酒以獻送。
4 常服，日常的服飾。黼（ㄈㄨˇ），黑白相間斧形花紋的禮服。冔（ㄒㄩˇ），殷朝禮帽。
5 藎（ㄐㄧㄣˋ），忠愛篤進。永，長。配，合。
6 駿，大。易，更改。鄭注《大學》：「天之大命，持之不易。」

永言配身[5]
自求多福
駿命不易[6]
凡賙之士
不顯亦世[7]
亹亹文王
令聞不已[8]

---

7 賙（ㄓㄡ），周濟，救濟。不，通「丕」，大。

8 亹亹（ㄨㄟˇ），勤勉不倦貌。令聞，善譽，美好的名聲。

南山[1]

南山有臺
有臺有萊[2]
樂只君子
維性之耽[3]
南山有楊
有楊有桑
樂只君子

1見〈小雅・南山有臺〉。
2臺（ㄊㄞˊ），莎草，莖葉可製蓑衣與笠。萊，藜，嫩葉可食。
3耽，樂過其節。
4倡，盛。
5惺惺，聰明機靈。關漢卿〈普天樂・崔張十六事〉：「遇著風流知音性，惺惺的偏惜惺惺。」
6艾，護養。綏，安享。駿，疾速。

維命之倡[4]
南山有桃
有桃有李
樂只君子
惺惺不已[5]
艾之綏之
駿發爾癡[6]

不盈[1]

之子于苗
選徒囂囂[2]
建旐設旄
搏掊嘮嘈[3]
決拾既佽
弓矢既調[4]
射夫既逢

1見〈小雅・車攻〉等。

2之子，那位貴族。苗，夏季的田獵。選，點數。徒，隨從。囂囂，眾聲喧嚷。

3掊（ㄆㄡˇ），擊破。嘮（ㄌㄠˊ）嘈，聲音喧雜。

4決，象牙板指。拾，皮革護臂。佽（ㄘˋ），便利。調，弓與矢的調和。

5軒軒，高揚貌。

6驂（ㄘㄢ），旁馬。猗，偏。攸騁攸馳，恣行而未失法度。

7躬，自身。閱，容。爾庭，你的容身之所。〈邶

軒軒舉龍[5]
兩驂不猗
攸騁攸馳[6]
我躬既閱
遑恤爾庭[7]
允矣君子
大庖不盈[8]

風・谷風〉：「我躬不閱，遑恤我後。」

8 允，誠實。庖（ㄆㄠˊ），廚房，引申為膳食。《集傳》：「大庖，君庖。」不，語詞，無義。不盈，取之有度，不極欲。

溫溫[1]

溫溫恭人
如集于木[2]
惴惴小心
如臨于谷
戰戰兢兢
如履薄冰
哀我填寡

1 見〈小雅・小宛〉等。
2 溫溫，和柔貌。恭人，寬和謙恭之人。集，鳥在樹。
3 填，通「殄」，窮困。寡，少財。岸，牢獄。
4 屬，連繫。離，附著。
5 辰，時運。

入岸入獄[3]
不屬于毛
不離于理[4]
天之生我
我辰安在[5]
不我逢辰
辰不我逢

荏染[1]

荏染柔木
君子之樹
往來行呶
心焉數之[2]
蛇蛇碩言
任自口矣
巧言如簧

---

1 見〈小雅・巧言〉。

2 荏染，柔弱貌。《毛傳》：「荏染，柔意也。」柔木，椅桐梓漆一類的樹木。呶（ㄋㄠˊ），喧譁。數，分辨。

3 蛇蛇（ㄧˊ），欺騙的樣子。碩言，大話。顏，面。

4 微，小腿生瘡。尰（ㄓㄨㄥˇ），腳腫。猶，計謀。將，極，甚。

顏之厚矣[3]
彼何人斯
居河之湄
既微且尰
職為階亂
為猶將多[4]
亂之又生

柔木[1]

菀彼柔木
其下侯旬[2]
捋采其留
瘼此下生[3]
不殄心憂
倉兄填膺[4]
倬彼昊天

1 見〈大雅．桑柔〉。

2 侯，語詞。旬，樹蔭均布。

3 捋（ㄌㄨㄛ），擼，採取。瘼（ㄇㄛˋ），病苦。

4 殄（ㄊㄧㄢˇ），斷絕。倉兄（ㄔㄨㄤˋ ㄏㄨㄤˇ），同愴怳，淒惶無依。填膺，充塞於胸。江淹〈恨賦〉：「置酒欲飲，悲來填膺。」

5 昊天，皇天。寧，竟然。矜，憐恤。

6 亂，戰亂。夷，安寧。泯，滅。

7 罹，憂患。燼，死滅。

寧不我矜[5]
亂生不夷
靡眈不泯[6]
眈靡有羅
具禍以燼[7]
於乎有哀
我步斯頻[8]

8 於乎，嘆詞。步，時運。

於戲[1]

於戲文王
既昭假爾[2]
率時牡夫
播厥百穀[3]
駿發爾私
終歲三十
亦服爾耕

1見〈周頌・噫嘻〉等。
2昭，明。假，至。
3時，是，此。厥，其。
4駿，疾速。發，耕治。私，私田。服，從事。十千，萬。
5保介，農神。莫，通「暮」。
6咨，詢問。茹，謀劃。來牟，麥的總稱。於（ㄨ），嘆詞。皇，美。
7風議，放言。庶，眾。匡，救助。

十千維偶[4]
於戲保介
維莫之春[5]
來咨來茹
來牟於皇[6]
出入風議
靡庶不匡[7]

鳳凰[1]

鳳凰于飛
翽翽其羽
亦傅于天[2]
藹藹髦士
維君之使
眈于俊子[3]
鳳凰鳴矣

---

1 見〈大雅・卷阿〉。

2 翽翽（ㄏㄨㄟˋ），鳥飛聲。傅，至，靠近。

3 藹藹，眾多。《毛傳》：「藹藹，猶濟濟也。」髦，英俊。眈，迷戀。珠泉居士〈雪鴻小記〉：「性眈清雅，沉靜寡言。」

4 菶菶（ㄅㄥˇ）萋萋（ㄑㄧ），木草茂盛。雝雝（ㄩㄥ）喈喈（ㄐㄧㄝ），鳥和鳴聲。

于彼高岡
梧桐生矣
于彼朝陽
菶菶萋萋
雝雝喈喈[4]
維君之興
亦耽庶人

山有[1]

山有扶蘇
隰有荷華[2]
不見子都
乃見狂且[3]
狂亦宵獠
興興如熛
肆欲陶陶[4]

---

1 見〈鄭風・山有扶蘇〉。

2 扶蘇，大樹枝柯四布。華，同「花」。

3 子都，美子。〈孟子・告子上〉：「至於子都，天下莫不知其姣也。」狂且（ㄐㄩ），輕狂之人。

4 宵獠，夜獵。曹植〈七啟〉：「頓網縱網，罷獠回邁。」熛，火焰，燃燒。左思〈吳都賦〉：「鉦鼓疊山，火烈熛林。飛爓浮煙，載霞載陰。」陶陶，醉貌。蘇軾〈觀湖〉之二：「釋梵茫然齊劫火，飛雲不覺醉陶陶。」

山有喬松
隰有游龍[5]
不見子充
乃見狡童[6]
狡亦天縱
般譃迎逢
傞嘻沖沖[7]

---

5 喬，高大。游，枝葉放縱。龍，通「蘢」，水葒草。

6 子充，猶子都。狡童，狡獪小兒。

7 般譃，大肆戲譃。傞（ㄙㄨㄛ）嘻，露齒而笑。沖沖，情緒湧動貌。

俟我[1]

俟我于著
充耳以素
尚之瓊華[2]
俟我于庭
充耳以青
尚之瓊瑩[3]
俟我于堂

---

1 見〈齊風・著〉等。

2 俟，等待。著（ㄓㄨˋ），通「寧」，門屏之間。充耳，冠冕兩旁以絲懸玉下垂至耳。素，不著色的絲。尚，加在上。瓊華，美石。

3 青，青色絲。瓊瑩，似玉之石。

4 黃，黃色絲。瓊章，美好的詩文。張孝祥〈鷓鴣天〉：「詠徹瓊章夜向闌，天移星斗下人間。」

5 闥（ㄊㄚˋ），門內。偃，仰臥，安臥。謝靈運〈游南亭〉：「逝將候秋水，

充耳以黃
尚之瓊章[4]
俟我于闥
散髮偃榻[5]
履我即兮
我履發兮
錫彼眉子[6]

息景偃舊崖。」

6 履，躡踩。即，行跡。發，足印。錫（ㄒㄧˊ），眼目慵倦凝滯。龔自珍〈長相思〉：「如夢如雲不自由，喚人錫倦眸。」眉子，美子。

敝笱[1]

敝笱在梁
其魚魴鰥[2]
招招歸止
子從如雲[3]
敝笱在梁
其魚魴鱮[4]
招招歸止

1見〈齊風・敝笱〉。

2敝，破。笱（ㄍㄡˇ），捕魚的竹籠。梁，河中攔壩，缺口置笱以捕魚。魴，武昌魚，頭小身闊。鰥，大魚，性獨行。

3招招，搖擺蕩漾貌。謝朓〈始之宣城郡〉：「招招漾輕楫，行行趨岩阯。」如雲與如雨、如水，皆言其眾多也。

4鱮（ㄒㄩˋ），鰱魚。

4唯唯（ㄨㄟˇ），出入自由。《鄭箋》：「唯唯，行相隨順之貌。」

子從如雨
敝笱在梁
其魚唯唯
招招歸止
子從如水
惟子從之
之從之子

小戎[1]

小戎俴收
五楘梁輈[2]
游環脅驅
陰靷鋈續[3]
文茵暢轂
駕我騏馵[4]
龍盾之合

1見〈秦風・小戎〉。

2小戎，一種輕小的兵車。俴（ㄐㄧㄢˋ），淺。收，軫，車的箱板可以收起。楘（ㄇㄨˋ），車轅上的皮飾。梁輈（ㄓㄡ），車轅前杠，橫亙如梁彎曲如舟。

3游環，即靷環。靷（ㄧㄣˇ），引行的皮帶。脅驅，迫使前行。陰，掩。鋈（ㄨˋ）續，續引之用的白色銅環。

4文茵，車座上的虎皮褥。暢轂（ㄍㄨˇ），長車軸。騏，青黑格紋的馬。馵（ㄓㄨˋ），後左足白色的馬。

飾以觼軜[5]
言念君子
溫其在邑
言念君子
溫其如玉
在其板屋
亂我心曲

---

5 龍盾，畫有龍的盾。合，並列載於車上。觼（ㄐㄩㄝˊ），有舌的銅環。軜（ㄋㄚˋ），驂馬內側的轡繩。

駟驖[1]

駟驖孔阜
六轡在手[2]
公之媚子
從公于狩[3]
奉時辰牡
辰牡孔碩[4]
公曰左之

1見〈秦風・駟驖〉。

2驖（ㄊㄧㄝˇ），赤黑色馬。《集傳》：「駟驖，四馬皆黑色如鐵也。」孔，甚。阜，肥碩。轡，韁繩。《鄭箋》：「四馬六轡。」

3媚子，寵愛的人。狩，秋冬獵祭。

4時，是。辰，應時。碩，肥大。

5舍（ㄕㄜˇ）拔，放箭。《鄭箋》：「捨之言釋也。」

6園，養動物的苑囿。閑，熟練地奔馳。《集傳》：「閑，調習也。」

舍拔則獲[5]
遊於北園
四馬既閑[6]
輶車鸞鑣
載獫歇驕[7]
公擁媚子
乃入帷幃[8]

---

7 輶（ㄧㄡˊ），輕車。鸞，鸞聲之鈴。鑣，馬銜。獫（ㄒㄧㄢˇ）、歇驕，兩種獵犬。《毛傳》：「長喙曰獫，短喙曰歇驕。」

8 帷幃，帷幄。

峘逸[1]

凡彼大人
無視巍巍[2]
堂聳百仞
我志茨舍[3]
扈擁數十
我志壹隨[4]
食前方丈

1見〈孟子・盡心下〉。

2巍巍，崇高。

3茨舍，草屋。

4扈，隨從。壹，數詞。

5方丈，（食物）擺滿一丈見方之地。簋（ㄍㄨㄟˇ），青銅或陶製食器，〈秦風・權與〉：「於我乎，每食四簋。」

6騅（ㄓㄨㄟ），毛色蒼白相雜的馬。

7炎炎，權勢煊赫貌。悒悒（ㄧˋ），憂鬱，愁悶。

8稽，考。峘，高過大山的小山。

我志四篕[5]
田獵千乘
我志單騅[6]
在彼炎炎
在我悒悒[7]
亦有俱在
稽古峘逸[8]

委蛇[1]

羔羊之皮
素絲五紽[2]
與子同食
委蛇委蛇[3]
羔羊之革
素絲五緎[4]
與子同衾

1見〈召南・羔羊〉。

2羔羊之皮，以羊羔皮毛製裘，取其輕貴。素絲，白絲。紽（ㄊㄨㄛˊ），五縷一紽。

3委蛇，從容自得貌。《毛傳》：「委蛇，行可從跡也。」

4緎（ㄩˋ），四紽一緎。

5縫，指羔羊皮衣。《集傳》：「縫皮合之以為裘也。」總，四緎為總。

6鞸（ㄉㄨㄛˇ），搖曳，飄動。湯顯祖〈紫釵記〉：「一帘春色如雲鞸，咱高燒銀燭到更殘。」

委蛇委蛇
羔羊之縫
素綠五總[5]
與子同歡
委蛇委蛇
與子同韠[6]
委蛇委蛇

玼兮[1]

玼兮玼兮
其之翟也[2]
鬒髮如雲
不屑髢也[3]
玉之瑱也
象之揥也
揚且皙也[4]

---

1 見〈鄘風・君子偕老〉。

2 玼（ㄘˇ），玉色鮮明貌，翟（ㄉㄧˊ），長尾山雉。《集傳》：「翟衣，祭服。刻繒為翟雉之形，而彩畫之以為飾也。」

3 鬒（ㄓㄣˇ），髮稠而黑。髢（ㄉㄧˊ），假髮。

4 瑱（ㄊㄧㄢˋ），耳邊垂玉。揥（ㄊㄧˋ），象牙製的簪子。揚，眉額之美。且，語詞。

5 瑳（ㄘㄨㄛ），玉色鮮白貌。展，通「襢」，紗製的禮服。

6 縐、絺（ㄔ），皆細葛布。

瑳兮瑳兮
其之展也[5]
蒙彼縐絺
是紲袢也
揚且之顏[6]
胡然而帝
胡然而天[7]

紲袢（ㄒㄧˋ ㄝ ㄈㄢˊ），近身內衣。顏，面容。

7 胡然，何以如此。帝、天，猶言神女天仙。

維鵲[1]

維鵲有巢
維鳩方之[2]
之子于歸
無以御之[3]
維鵲有巢
維鳩盈之[4]
之子于歸

---

1 見〈召南・鵲巢〉等。
2 維，語詞。鳩，布穀鳥。《毛傳》：「鳩不自為巢，居鵲之成巢。」方，占有。
3 御（ㄧㄚˋ），迎。
4 盈，充滿。
5 將，護送。
6 被（ㄅㄧˋ），通「髲」，以假髮梳成高髻。僮僮，頭飾盛美。倥傯（ㄎㄨㄥˇ ㄗㄨㄥˇ），繁促。
7 祁祁，眾多貌。薄言，語詞。
8 覯，通「遘」，遇到。降（ㄒㄧㄤˊ），寬悅。

無以將之[5]
被之僮僮
夙夜倥傯[6]
被之祁祁
薄言還鄉[7]
亦既覯止
我心則降[8]

雨雨[1]

雨雨公田
及爾私私[2]
敢治私事
無別野人[3]
若夫潤澤
惟我與子
濯以江漢

1見〈孟子・滕文公〉。
2雨（後），雨落。私（後），私田。
3別，區分。
4潤澤，因時制宜，合情宜俗。濯，洗。秋陽，烈日。
5皜皜，同「皓皓」，潔白，光輝。雝雝，和諧，和悅。尚，加也。
6皇皇，求而不得貌。

暴以秋陽[4]
皜皜雝雝
胡可再尚[5]
木若以美
念土親膚
三月無耽
皇皇如也[6]

旨否[1]

倬彼甫田
我取其菁
振古遺緣[2]
今適南畝
或耘或耔
黍稷薿薿[3]
攸介攸止

1 見〈小雅・甫田〉。

2 甫，大。菁，華英。振古，往昔，遠古。〈周頌・載芟〉：「匪今斯今，振古如茲。」

3 耘，鋤草。耔，以土培禾苗的根。薿薿（ㄋㄧˇ），茂盛貌。

4 攸，乃。介，大。止，收穫。烝，慰問。髦士，英俊之士，指良賢。

5 齊（ㄗ）明，即粢盛，祭器所盛的穀物。犧，祭祀用的純色牲畜。

6 琴瑟，彈奏琴瑟。沛沛，水盛大貌。王褒〈九懷・

烝我髦士[4]
以我齊明
與我犧牲[5]
琴瑟擊鼓
沛沛甘霖[6]
攘其左右
嘗其旨否[7]

尊嘉〉：「望淮兮沛沛，濱流兮則逝。」

7 攘，禮讓。旨否，味美與否。

蓼蓼[1]

蓼蓼者莪
屈我伊蒿[2]
哀哀繆斯
育我劬勞[3]
蓼蓼者莪
辱我伊蔚[4]
哀哀繆斯

---

1 見〈小雅・蓼莪〉。

2 蓼蓼（ㄌㄨˋ），長而大貌。莪（ㄜˊ），蘿蒿，抱宿根而生，故借以起興。蘇軾〈謝生日詩啟〉：「〈蓼莪〉之感，迨衰老而不忘。」蒿，艾蒿。

3 哀哀，悲傷不已。劬（ㄑㄩˊ）勞，辛勞。

4 蔚，牡蒿。蒿與蔚皆散生獨處。

5 瘁，勞累苦痛。

6 鞠，養育。拊（ㄈㄨˇ），撫摩。復，庇護。

7 特，傑出。

引我盡瘁[5]
誕我鞠我
拊我長我
顧我復我[6]
哀哀繆斯
欲報之德
維茲立特[7]

夷懌[1]

猗與那與
置我鞉鼓[2]
奏鼓簡簡
衎我烈祖[3]
湯孫奏假
綏我思成[4]
鞉鼓淵淵

---

1 見〈商頌・那〉。

2 猗那，同「婀娜」，美好美盛之貌。與，歟。鞉（ㄊㄠˊ），搖鼓。

3 簡簡，鼓聲。《鄭箋》：「其聲和大簡簡然。」衎（ㄎㄢˋ），樂也，奏樂以祭。烈祖，有功烈的先祖。

4 湯孫，成湯之孫。假，通「格」，致。綏，遺。思成，受福而得見其容。《集傳》：「蓋齋而思之，祭而如有見聞，則成此人矣。」

5 淵淵，鼓聲深遠。嘒嘒，

嘒嘒管聲[5]
既和且平
依我磬音[6]
庸鼓有斁
萬舞有弈[7]
我有嘉客
亦不夷懌[8]

樂音清亮。

6 依，倚。磬，玉磬。

7 庸，通「鏞」，大鐘。斁（ㄧˋ），通「繹」，盛大。萬舞，周代大舞。《毛傳》：「以乾羽為萬舞，用之宗廟山川。」弈，通「奕」，從容閒習貌。

8 夷，悅。懌，樂。

我龜[1]

我龜既厭
不我告猶[2]
謀夫孔多
是用不集[3]
發言盈庭
誰執其咎[4]
匪行邁謀

1見〈小雅・小旻〉。

2龜，占卜用的龜甲。厭，倦。《鄭箋》：「魚靈厭之，不復告其所圖之吉凶。」猶，凶吉之道。

3是用，是以。集，成就。

4盈庭，滿堂。執咎，承擔責任。

5匪，通「彼」，那。行邁，行路（之人）。道，要領。

6為猶，決策之人。匪，通「非」。先，先賢。程，效法。

7大，大猶，遠謀。經，依據。邇，近。

不得于道[5]
哀哉為猶
匪先是程[6]
匪大是經
邇言是聽[7]
與道謀室
不潰于成[8]

8 潰，遂，順利。

中田[1]

中田有廬
疆場有瓜[2]
是剝是菹
之獻我左[3]
左右翼翼
天受之祜[4]
觴以清酒

1見〈小雅・信南山〉。

2中田，井田制中的公田。廬，茅屋。疆場，田畔。

3剝，剖開。菹（ㄐㄩ），醃菜。之獻，獻之。

4翼翼，眾多貌。祜（ㄏㄨˋ），福。

5觴，酒杯，行飲。騂（ㄒㄧㄥ）牡，赤色公牛。

6鸞刀，刀環有鈴。

7膋（ㄌㄧㄠˊ），脂膏。

8烝，冬祭。享，獻上。苾（ㄅㄧˋ）芬，芬芳。

從以騂牡[5]
祀于春秋
試其鸞刀[6]
以啟其毛
取其血膋[7]
是烝是享
苾苾芬芬[8]

者木[1]

有菀者木
不尚息焉[2]
彼亦思眴
無自暱焉
後予邁焉[3]
有菀者木
不尚愒焉[4]

1見〈小雅・菀柳〉。
2不……焉……，表肯定。
3暱，親近。邁，厲，虐。
4愒（ㄑㄧˋ），休息。
5瘵（ㄓㄞˋ），病。極，誅。
6鎩羽，摧落羽毛。

彼亦企賄
無自瘵焉
後予極焉[5]
有鳥高飛
亦傅于天
惜彼鎩羽[6]
不明先諫

有桃[1]

園有桃
園有棘
其實之殽
心之憂矣
我歌且謠[2]
聊以行國
不知我者

---

1 見〈魏風・園有桃〉。

2 歌、謠，《毛傳》：「曲合樂曰歌，徒歌曰謠。」

3 行國，出遊於國中。罔極，反復無常，失其中正之心。

謂我罔極[3]
彼人是哉
子曰何其
心之憂矣
其誰知之
知其誰之
蓋亦勿思

樂土[1]

碩鼠碩鼠
無奪我黍
三十貫汝
莫我肯顧[2]
莫我肯勞
逝將去汝
適彼樂郊

1 見〈魏風・碩鼠〉。

2 貫，服侍，侍奉。顧，顧念，顧惜。

3 勞，慰勞，休恤。適，往。永號，長呼。

4 爰，乃。直，通「職」，處所。

誰之永號[3]
適彼樂國
國樂國樂
適彼樂洲
洲樂洲樂
爰得我直[4]
爰得我所

靚子[1]

靚子其來
俟於城隅
俟而不見
搔首踟躕[2]
靚子其見
出我彤管
彤管煒煒

1 見〈邶風・靜女〉。

2 靚，嫻靜，美豔。貢師泰〈擬古〉之一：「意態閒且靚，氣若蘭蕙芳。」韓愈〈東都遇春〉：「川原曉服鮮，桃李晨妝靚。」俟，等候。隅，牆角。踟躕，來回走動。

3 彤，紅。煒煒（ㄨㄟˇ），華盛貌。郭璞《山海經圖贊》：「丹木煒煒，沸沸玉膏。」說，通「悅」。懌，快活。

4 牧，郊外。歸，通「饋」。荑，初生白茅。矢，誓。李漁〈慎鸞交・久要〉：「初心誰不矢同

說懌子眉[3]
自牧歸荑
洵美且替[4]
匪荑為替
靚子之矢
摟而堆作
覆而合臍

丘，幾人得並鴛鴦柩。」

鶉之[1]

鶉之奔奔
鵲之疆疆[2]
人之無蔕
我以為棣[3]
鵲之彊彊
鶉之奔奔
人之無秉[4]

1〈鄘風・鶉之奔奔〉等。

2奔奔、彊彊，鳥群相隨而飛貌。

3蔕，花果與枝葉相連處。宋玉〈高唐賦〉：「綠葉紫裹，丹莖白蔕。」棣，弟。

4秉，通「柄」，蔕也。

5蝃蝀（ㄉㄧˋ ㄉㄨㄥ），虹。有龍蛇之象。隮（ㄐㄧ），升雲。崇，終。

6衣鉢，師傳思想與學問。

我以為君
蝃蝀在東
莫之敢指
朝隮于西
崇朝其雨[5]
人之無德
不可衣鉢[6]

孑孑[1]

孑孑于旄
在浚之郊[2]
素絲紕之
良馬四之[3]
彼武者子
何以畀之[4]
孑孑于旟

1見〈鄘風・干旄〉。

2孑孑，特出，孤立貌。旄，竿頭飾的旄尾的旗幟。浚，衛邑。

3紕（ㄆㄧˊ），編織，在衣服旗幟上鑲邊。四，以四馬駕車。《集傳》：「兩眼驂，凡四馬以載之也。」

4畀（ㄅㄧˋ），給予。

5旟（ㄩˊ），繪有鳥隼圖案的旗幟。都，城。《集傳》：「下邑曰都。」

6鬒，同「須」。

7告，告慰。

在浚之都[5]
素絲組之
良馬六之
彼鬒者子[6]
何以予之
彼眉者子
何以告之[7]

我行[1]

我行其野
芃芃其麥
陟彼阿丘
言采其蝱[2]
仁人君子
無我有憂
百爾所思

1 見〈鄘風・載馳〉。
2 阿丘，一側偏高的山丘。蝱（ㄇㄥˊ），忘憂草。
3 方，方略。范仲淹〈乞王洙充南京講書狀〉：「精治人之術，蘊致君之方。」
4 尤，怪罪，責難。《毛傳》：「尤，過也。」眾，終，既。
5 因，依靠。極，至。控，赴而告之。《毛傳》：「控，引也。」

不有我方[3]
哲子善懷
亦各有行
許人尤之
眾癡且狂[4]
誰因誰極
控于大邦[5]

大車[1]

大車檻檻
毳衣如菼[2]
豈爾思不
子畏不敢
大車哼哼
毳衣如璊[3]
豈爾思不

---

1 見〈王風・大車〉。
2 檻檻（ㄎㄢˇ），車行聲。毳（ㄘㄨㄟˋ）衣，以細毛所織衣物。菼（ㄊㄢˇ），初生的蘆荻，青白色。
3 哼哼，重遲貌。璊（ㄇㄣˊ），赤色玉。
4 穀，生，活著。穴，墓穴。

子畏不敢
轂則共席
則樂同穴[4]
謂予不信
有如日月
豈爾思不
子畏不敢

有狐[1]

有狐綏綏
在彼淇梁
心之憂矣
之子無商[2]
有狐綏綏
在彼淇厲
心之憂矣

---

1 見〈衛風・有狐〉。
2 綏綏，緩步行走。《集傳》：「綏綏，獨行求匹之貌。」淇梁，淇水堤堰。商，計量。
3 厲，深水可涉之處。傍，依托。
4 章，辨別
5 遄喪，速死。

之子無傍[3]
有狐綏綏
在彼淇側
心之憂矣
之子無章[4]
綏綏者狐
胡不遄喪[5]

崔崔[1]

南山崔崔
雄豹銳銳[2]
魯道有蕩
齊子由歸[3]
既曰歸止
予又懷止[4]
葛屨五兩

1 見〈齊風・南山〉。
2 崔崔，山峻高貌。銳銳，指淩厲的氣勢。
3 魯道，自齊適魯之道。蕩，平坦。《毛傳》：「蕩，平易也。」由，從。歸，嫁。
4 止，語詞。懷，思念。
5 兩，雙。緌（ㄖㄨㄟˊ），冠纓。
6 庸，由。
7 睢，恣意。

冠緌雙止[5]
魯道有蕩
齊子庸止[6]
既曰庸止
予又從止
既曰得止
予又睢止[7]

體原[1]

體原膴膴
髬髵楚楚[2]
爰試爰煝
爰契我龜
放踵摩頂[3]
捄之陾陾
度之薨薨

1 見〈大雅‧綿〉。
2 膴膴（ㄨˇ），肥美貌。髬髵（ㄆㄧ ㄦˊ），猛獸怒而鬣毛奮張貌。張衡〈西京賦〉：「及其猛毅髬髵，隅目高匡。」
3 煝，粗紙揉搓以引火之用，紙媒兒。契，刻。《集傳》：「契所以燃火而灼魚者也。」摩，摩擦，擁捧。
4 捄（ㄐㄩ），聚攏泥土。度，投入，填入。陾陾、薨薨、登登、馮馮，俱為象聲詞。
5 鼛（ㄍㄠ），大鼓，用於奏

凌之登登
抵之馮馮[4]
百感沸興
鼛鼓弗勝[5]
霆道兌矣
鈍矣銳矣
維其喙矣[6]

樂與役事。弗勝，指鼓聲為上述聲響所淹沒。

6 兌，通達。喙，氣短促貌。

是達[1]

小國是達[2]
大國是達
率履不越
遂視既發[3]
相土烈烈
海外有截[4]
小捄大捄

1見〈商頌・長發〉。
2是，此。達，通。
3率，循。履，禮節儀式。遂，遍。發，行動
4相土，古帝名，契之孫。烈烈，威武貌。截，平服。
5捄，通「球」，圭。珙（ㄍㄨㄥˇ），璧。
6競，爭強。絿，苛求。不剛不柔，不失之剛與柔。
7戁（ㄋㄢˇ），恐懼。竦，通「悚」，驚怵。

小珙大珙[5]
不競不絿
不剛不柔[6]
不震不動
不戁不竦[7]
受命溥將
自天降康

瓜瓞[1]

綿綿瓜瓞
情之初生
生情何如
堇荼如飴[2]
企翹武敏
跂之隘巷[3]
擁之平林

---

1 見〈大雅・生民〉等。

2 瓞（ㄉㄧㄝˊ），小瓜。堇（ㄐㄧㄣˇ），堇葵，味苦。

3 武，足跡。敏，通「拇」，足趾。跂，踮起腳。

4 實，是。覃，聲音悠長。訏，洪亮。

5 匍匐，手足並行，小兒爬行貌。時，是。

6 克，能夠。岐，舉踵。嶷，仡立。就，趨向。

7 幪幪，莊稼茂盛覆蓋田地。唪唪，豐碩。

實覃實訏[4]
誕實匍匐
時維處子[5]
克岐克嶷
以就口舌[6]
麻麥幪幪
瓜瓞唪唪[7]

國如[1]

國如大車
將之自塵[2]
國有百憂
思之自疷[3]
無將大車
維塵冥冥[4]
無思百憂

---

1 見〈小雅・無將大車〉等。
2 將，扶，推。
3 疷（ㄑㄧˊ），憂病。
4 冥冥，塵土飛揚貌。《集傳》：「冥冥，昏晦也。」
5 熲（ㄐㄩㄥˇ），憂悶。
6 腓，凋零，枯萎。
7 亂離，因禍亂而離散。瘼（ㄇㄛˋ），疾苦。奚，何。
8 重，勞累，痛苦。

不出于熲[5]
秋日淒淒
百卉是腓[6]
亂離瘼矣
奚其適歸[7]
之思百憂
祇自重兮[8]

十畝[1]

十畝之間
桑者閑閑
行與子旋[2]
十畝之外
桑者泄泄
行與子寫[3]
坎坎伐旦

1見〈魏風・十畝之間〉等。
2桑者，采桑之人。閑閑，從容自得貌。《毛傳》：「閑閑然，男女無別往來之貌。」行，將。旋，還。
3泄泄（ㄧˋ），眾多貌。寫，舒暢，喜悅。
4坎坎，伐木聲。蹲蹲（ㄑㄩㄣ），起舞貌。
5貆，幼貉。

蹲蹲河干
河清猗漣[4]
不稼不穡
不狩不獵
庭有懸貆[5]
彼君子兮
必素餐兮

外篇

吾聞

至人之道
告至人才
是亦易矣
守而告之
三日外天
已外天矣
吾又守之

見〈莊子・大宗師〉

七日外物
已外物矣
吾又守之
九日外生
子之年長
色若孺子
吾聞道矣

君命

君命將之
再拜而受
廩人繼粟
庖人繼肉
不以君命
堯之于舜
九男男之

見〈孟子・萬章下〉

二女女焉
羊牛倉廩
百官備焉
養舜畎畝
後舉而加
加諸上位
是謂尊賢

人異

人異禽獸
所亦幾希
庶民去之
君子存焉
明明百物
察察人倫
由仁義行

見〈孟子・離婁下〉

匪行仁義
有不為也
後有為也
价人不失
赤子之心
無罪殺士
則士遠引

滄浪

滄浪清清
朝以濯纓
滄浪濁濁
夕以濯足
匪自疵我
彼亟我疵
匪自疾我

見〈孟子・離婁〉

彼亟我疾
言彼不善
如後患何
雖千萬人
我其言矣
卓今羿父
格射逢蒙

有饋

有饋生魚
子產使畜
校人烹之
反命而稱
始之圉圉
少則洋洋
攸然而逝

見〈孟子・萬章上〉

子產撫掌
得其所哉
校人出言
子產何智
子產聞之
彼亦方我
我欺之矣

人之

人之於身
兼所愛焉
則兼所養
方寸之膚
無不愛焉
不無養焉
善不善者

見〈孟子・告子上〉

豈有他哉
體有賤貴
小大有體
以小害大
貴以賤害
小者小人
大人者大

場師

今有場師
舍其梧檟
養其樲棘
賤場師焉
養其一指
失其肩背
狼疾人也

見〈孟子・告子上〉

養小失大
飲食之人
人賤之矣
飲食之人
無有失也
口腹豈適
尺寸之膚

貴者

所欲貴者
人之同心
人人有貴
徒弗思耳
人之所貴
非良貴也
趙孟之貴

見〈孟子・告子上〉

趙孟賤之
既醉以酒
既飽以德
飽乎仁義
不欲膏粱
令聞廣義
不願文繡

餘師

後而徐行
以隨長者
謂之弟矣
疾行先長
謂之不弟
彼徐行者
豈不能哉

見〈孟子・告子下〉

所不為也
服堯之服
謂堯之言
行堯之行
是堯已矣
歸而求之
綽有餘師

多術

求則得之
舍則失歟
求益於得
亦在我者
求之有道
得之有命
求無益歟

見〈孟子・盡心上〉

反身而誠
樂莫大乎
萬物備我
是謂自耽
教亦多術
不屑教誨
亦教誨歟

觀水

觀水有道
必觀其瀾
流水為物
不盈不行
君子之志
不成不達
人之其有

見〈孟子‧盡心上〉

德慧術知
恒存疢疾
孤尊逆子
其操峭危
其慮患深
達達而達
是謂特達

飢者

飢者甘食
渴者甘飲
是方有得
飲食之正
飢渴匪害
口腹然之
人志亦然

見〈孟子・盡心上〉

苟有飢渴
飽之道義
則不及人
不為憂矣
摩頂放踵
翫天下者
餔飢渴耳

道則

道則高矣
宜若登天
改廢繩墨
大匠不為
變其彀率
羿不為射
引而不發

見〈孟子・公孫丑上〉

君子躍如
中道而立
烈者從之
形色天性
惟至人可
至人踐形
至色至淫

為關

古之為關
將以禦暴
今之為關
將以施暴
不仁得國
有之者矣
不仁命世

見〈孟子・盡心下〉

未之有也
山徑之蹊
介然成路
為間不用
茅塞之矣
言近指遠
多智言也

子好

子好遊乎
吾語子遊
人既知之
其亦囂囂
人不知也
自亦囂囂
何如斯可

見〈孟子・盡心上〉

尊德樂義
窮不失義
達不離道
故士得己
故人不失
獨善匪獨
兼善莫兼

視棄

視棄天下
猶棄敝蹝
銳身而馳
濱海而處
終日訢然
樂而忘機
居移氣兮

見〈孟子・盡心上〉

養移體兮
大哉居乎
匪盡子與
彼美利堅
孳孳為利
君子有術
吾素餐兮

與少

與少樂樂
與眾樂樂
孰樂
不若與少
獨樂樂
與人樂樂
孰樂

見〈孟子・梁惠王下〉

不若無人
好樂甚矣
其庶幾乎
今之樂
由古之樂
民自溷樂
予何與焉

斧斤

斧斤於木
旦旦伐之
以為美乎
日夜所息
平旦之氣
與人近也
旦晝所為

見〈孟子・告子下〉

有牿亡之
牿之反覆
夜氣不存
氣既不足
則其違矣
言為未材
豈人之情

鈞是

鈞是人也
為大為小
其從大體
為大人焉
小體其從
為人小焉
耳目之官

見〈孟子・告子上〉

不思而蔽
物物交物
引之而已
心神則思
思則得之
先立大者
小不能奪

舞雩

點爾何如
瑟希鏗爾
舍瑟而作
對曰異乎
三子之撰
言亦何傷
各言其志

見〈論語・先進〉

曰暮春者
春服既成
冠者五六
童子六七
浴乎沂兮
風乎舞雩
詠而以歸

挾山

挾山超海
語人不能
是誠不能
為長折枝
語人不能
是不為也
王之不王

見〈孟子・梁惠王上〉

匪挾山海
王之不王
折枝類也
權知輕重
度知短長
物然心甚
王其肓之

滕問

滕問為國
軻亦有答
民之為道
恆產恆心
苟無產恆
焉有心恆
苟無恆心

見〈孟子．滕文公上〉

放辟邪侈
無不為已
及陷乎罪
從而刑之
是罔民也
于嗟時今
彼無產者

靦贊

嗟彼顏回
居於陋巷
食一簞食
飲一瓢飲
人不堪憂
顏子晏晏
不改其樂

見〈論語・雍也〉等

若夫孔丘
食不厭精
膾不厭細
三月無君
皇皇如也
丘亦何辭
靦贊顏子

子產

子產聽政
以其乘輿
濟人溱洧
輒曰惠而
不知為政
歲十一月
徒杠成焉

見〈孟子・離婁下〉

迨月十二
成焉輿梁
民未病涉
君子平政
行辟可人
人人而濟
日不足矣

眸子

存乎人存
莫過眸子
中胸正則
眸子瞭瞭
中胸不正
眸子眊眊
觀其眸子

見〈孟子・離婁上〉

人焉廋哉
予豈好辯
不得已也
脅肩諂笑
病于夏畦
君子之養
可知已矣

逢淵

逢淵驅魚
遇叢驅爵
其何能淑
載胥及溺
始之油油
少則荒荒
象囂亦囂

見〈孟子・離婁上〉等

象喜亦喜
十九之艾
得其所哉
金聲也者
條孔始兮
玉振之也
韽條終兮

吹呴

吹呴呼吸
吐弛納貞
俠義隨修
令名俏成
澹然無篤
眾美簇簇
但知說生

見〈莊子・大宗師〉

不知惡死
其出不逋
其入亟攎
翛翛而進
施施而退
授受俱僖
忞而睢之

天下

天下沉濁
不可莊語
卮言曼衍
寓言為廣
不倪萬物
不譴是非
書雖瑰瑋

見〈莊子・天下〉

連犿無傷
辭雖參差
諔詭可觀
其理不竭
其來不蛻
芒乎昧乎
未之盡者

芴漠

芴漠無形
變化無常
死歟生歟
天地並歟
神明往歟
芒乎何之
忽乎何適

見〈莊子・天下〉

萬物畢羅
莫足以歸
謬悠之說
荒唐之言
無端之辭
矯縱不儻
不以觭見

混沌

南海帝倏
北海帝忽
中帝混沌
倏忽相遇
渾沌之地
渾沌善待
倏忽謀報

見〈莊子・應帝王〉

人皆七竅
視聽食息
此獨無有
嘗試鑿之
日鑿一竅
七日而死
倏忽相覷

仰之

仰之彌僴
拊之彌堅
瞻之在前
忽焉在後
循循善誘
善覆如綢
博爾以精

見〈論語・子罕〉

欲罷不能
有耽無類
剛毅木訥
人二為仁
不竭其興
異端貴異
端異貴逞

明道

明道若昧
弟道若退
夷途若纇
上智若谷
太白若辱
廣德若虧
健行若偷

見〈老子・四十一章〉

質真若渝
大方失隅
大器末成
大音希聲
大象忘形
大木無青
大心迷賓

將欲

將欲昻之
必固臧之
將欲張之
必固歙之
將欲裎之
必固斂之
將欲肆之

見〈老子・三十六章〉等

必固禮之
合抱之木
萌於毫末
九華之席
一經一緯
百戲之子
賄於夤夜

回曰

回曰益矣
尼曰何謂
回忘仁義
尼曰猶未
他日復見
回益益矣
尼曰何謂

見〈莊子・大宗師〉

回忘禮樂
尼回猶未
他日復見
回坐忘矣
仲尼蹴然
離形去知
是謂坐忘

美名

眾人熙熙
如享太牢
如春登臺
我獨泊兮
如嬰未孩
若無所歸
眾人有餘

見〈老子・二十章〉

我獨若遺
眾人察察
我獨悶悶
澹兮若海
飂兮無止
獨異于人
而貴美名

色重

禮食孰重
禮或重焉
色禮孰重
色亦重焉
方寸之木
高於岑樓
一輿之羽

見〈孟子・告子下〉

重于金鈎
取色之重
而比輕禮
奚翅色重
踰東家墻
摟其處子
處子僓喜

其蘇

始作俑者
樂其無後
雖有慧智
不如乘勢
雖有基鎡
不如待時
厥持其志

見〈孟子・梁惠王上〉等

無暴其氣
爾待吾爾
吾待爾吾
袒裼裸裎
焉能浼吾
徯我后兮
后來其蘇

注後記

李春陽

《詩經演》與《詩經》，各三百篇，相隔三千年——《詩經》成於公元前十一世紀至前七世紀間，迄西周至春秋，以周公制禮作樂始，王綱解紐禮崩樂壞止，此五百年，中國文化奠其基，完成了第一番輪回。

錢穆先生說及春秋時代，「往往知禮的、有學問的比較在下位，而不知禮的、無學問的卻高踞上層」。范文瀾先生談《詩經》，以為春秋時代的「貴族文化」達於最高點，「常為後世所想慕而敬重」。君子德風，小人德草，這「貴族文化」一詞，無如說是文化的「貴族品格」更為允當。

《詩經》孕於其時，雖有國風出於民間的考論，相當部分乃為文人創作無疑，此可據文本所述儀式、器物及語感中得以體認，近人朱東潤、李辰冬等先生有所論及。昔孟子曰：「王者之跡熄而《詩》亡，《詩》亡而後《春秋》作。」讀《詩經》文本，王者之跡歷歷可鑒，即便出於匹夫匹婦，經三千年的閱讀和淘洗，早已盡作亦風亦雅的「君子」與「淑女」了。

木心先生曾說：「三百篇中的男和女，我個個都愛，該我回去，他和她向我走來就不可愛了。」這是現代詩人的語言。二十世紀九十年代，他寫成了《詩經演》。

中國詩最初的格式成熟於《詩經》：五、六、七句者有，八句一首者多；九、十、十二、十五、十六、十八句，散見各篇；十四句者《周頌・執競》一篇；《大雅・抑》、《大雅・桑柔》乃長篇，最長者《周頌・閟宮》，百二十句。

《詩經》總句數七千餘，句型以四言為主，占九成，其他為雜言。摯虞《文章流別論》：「古之詩有三言、四言、五言、六言、七言、九言。古詩率以四言為體，而時有一句二句雜在四言之間。」自秦漢至宋，嘗有四言之作的詩人，相繼為傅毅、張衡、曹操、曹植、王粲、嵇康、阮籍、陸機、陸雲、潘岳、孫綽、傅玄、陶潛、韓愈、柳宗元、蘇軾等。

「四言詩三百篇在前，非相沿襲，則受彼壓抑。」這是王夫之的話。王闓運曰：「四言如琴，五言如笙簫，歌行七言如羌笛琵琶，繁弦雜管。」——如伯牙之有待於子期，二十世紀末有木心先生忽起四古之作，出入風雅頌之間，別立樞機，遙對古人。

顧頡剛曾列舉《詩經》的四項厄運，大意是：其一，因戰國詩失其樂，後人強把《詩經》亂講到歷史上去。其二，刪《詩》之說起，使《詩經》與孔子發生關係，成為聖道王化的偶像。其三，漢人把三百五篇當作諫書。其四，宋人謂淫詩宜刪，許多好詩險些失傳。

此外，顧氏認為《詩經》另有四項幸運：其一，有了結集，不致亡失。其二，〈漢書・藝文志〉許多詩歌完全亡失，而《詩經》巍然僅存。其三，宋代歐、鄭、朱、王輩肯求它的真相，不為傳統解釋所拘。其四，現代人終能無所顧忌，揭示《詩經》的全部真相與價值了。

顧氏這番議論，時在二十世紀初，著眼於《詩經》的接受與閱讀，而清末民初的讀書人之於《詩經》，莫不熟稔，稍有教養的人家為子女取名，多從《詩經》選取字詞；以《詩經》之目、之句、之韻作成流行的謎語，也是明證。譬如：

> 四紅，四紅，如何說不同。（赫赫炎炎）
>
> 到老無封。（漢之廣矣）
>
> 當侍東宮。（君子所依）

八十多年過去，顧氏不可能預見《詩經》將添加「第五厄運」：時下讀書人之於《詩經》，普遍隔膜而生疏，遑論賞悅。經典的厄運，莫過於被忽視、被遺忘：多少作家、詩人的寫作素養，無涉《詩經》，泱泱時文，罕見接引《詩經》的言句。如此，間接領受《詩經》之美的路徑，幾告不存。顧氏當年談及《詩經》的種種「幸運」，即或施惠於學術研究，在現代中國文學的實踐中，委實無從談起了。

〈毛詩正義・詩譜序〉：「詩有三訓：承也，志也，持也。作者承君政之善惡，述己志而作詩，所以持人之行，使不失墜，故一名而三訓也。」《詩經》而後千餘年，漢魏詩人紹其流風，多有四言詩作，雅頌之音未絕，迄唐詩出五、七、律、絕，及於宋詞，中國詩的格式與節奏越來越多樣，除却少數詩人偶作四言，《詩經》一脈詩路遂漸渺遠。倏忽二十世紀，中國的詩歌創作何嘗有人專以《詩經》古語為材料而大肆演繹情史與政怨，達三百篇之多者？木心先生以他的《詩經演》，悄然貢獻了第五個「幸運」。

昆德拉以「下半時」與「上半時」作喻，劃分歐陸十九世紀之後與之前的文學，意指西方二十世紀現代文學運動並非十九世紀的延展，而是上溯十六至十七世紀薄伽丘、拉伯雷、塞萬提斯輩的文學路徑。反觀當代中國文學創作中傳統漢語的普遍失落、失憶、失效，唯木心先生忽有《詩經演》，獨領風騷，成為中國現代詩從漢語傳統返本探源的一則孤例。

《詩經演》循《詩經》例，以四言為主，雜三五等句，皆十四行，雙句循環而頓，結句偶有命題，語感節奏粗擬商籟體。一九九五年，這本詩集先由台灣出版，當時題曰《會吾中》。作者在扉頁寫道：「詩三百，一言蔽，會吾中。」並解「會」與「中」二字：

會——合也見也適也悟也蓋也預期也總計也；
中——和也心也身也傷也正也矢的也二間也。

「思無邪」原乃聖人定論，屬於道德判斷，仍為詩教；木心先生易為「會吾中」，則出以個人的創造性閱讀與創造性書寫，儼然轉為審美的判斷。

朱熹釋「思無邪」：「詩者，人心之感物而形於言之餘也。心之所感有邪正，故言之所形有是非；唯聖人在上，則其所感者無不正，而其言皆足以為教。其或感之之雜，而所發不能無可擇者，則上之人必思所以自反，而因有以勸懲之，是亦所以為教也。」

木心先生解「會吾中」，「吾」字未作交代，如空白，期許讀者與識者的「會」與「中」——以下，試來詮釋此一表述：

「會——合也見也適也悟也蓋也預期也總計也」：「合」與「見」，易解；「適」，偶然曰適，恰如其意曰適，視作當然曰適，嫁人曰適；「蓋」，覆蓋、遮蔽之意，亦作「害」解，或作傳疑之詞，承上而接下，其含混，近於閱讀經驗的不可確定性；「蓋」亦讀ㄏㄜˊ，同「何」，亦作戶扇解；「預期」，能否實現及難以逆料之意，暗含詩人的預期，及對這預期的精微反思，兼以文體和語言的種種限度，構成「總計」——詩人的分身、化身、隱身、變形，俱在詩中，期待讀者於閱讀之際，相與會合。

「中——和也心也身也傷也正也矢的也二間也」：「中」，在此指「命中」；「和」，意謂讀者的響應；「心」與「身」，指雙方的響應，屬靈智的、想像的、身體的；「傷」，創之淺者，憂思、妨害、觸冒，都是「傷」字固有的義項，有心則傷其心，無心則傷其身，既命中，豈無不傷乎？「正」，方直不曲曰正，矜庄曰正，命中曰正，純一不雜曰正，以物為憑曰正；「矢的」，箭靶也，意指讀者的詩心乃作者的箭靶，反之亦然；「二間」，則破除主體客體之「執」，寫作與閱讀，無須釐清，作者與讀者，兩相構成。

從《會吾中》到《詩經演》，可見作者為三百首詩的命題賦予新的認知，其關鍵，是一「演」字。

《詩經演》如何演？試以〈肅肅〉一篇解析。此詩典出〈唐風・鴇羽〉，原乃控訴征役之作。《詩集傳》曰：「民從征役而不得養其父母，故作此詩。」以下是木心先生的新作：

肅肅鴇羽
集於茂梓
世事靡盬
藝不得極
騏子何怙

曷其有所
肅肅鴇羽
集於茂桑
生事靡盬
為謀稻粱
騏子何嘗
曷其有常
亘太平洋
在天一方

原詩二十一句，七句一節，三節。鴇，鳥名，似雁而大，無後趾，故不能穩棲於樹端。《毛詩正義》曰：「鴇鳥連蹄，性不樹止，樹止則為苦，故以喻君子從征役為危苦也。」梓與桑，落葉喬木，〈小雅・小弁〉：「維桑與梓，必恭敬止。」

原詩以「王事靡盬」出以三嘆，木心先生一改而變為「世事靡盬」、「生事靡盬」，易二字，大變。「父母何怙」、「父母何食」、「父母何嘗」三句，改為「騏子何怙」、「騏子何嘗」，青黑斑紋馬是為「騏」，騏子乃誰？

原詩的「曷其有所」、「曷其有常」，作者保留了，但上下文意義有變；「不能藝稷黍」、「不能藝黍稷」、「不能藝稻粱」，則新詩改作「藝不得極」與「為謀稻粱」，意思很清楚：古人欲蒔稷黍而不得，欲事父母而不能，蓋因「王事靡盬」，「王事」改為「世事」，一字之易，古意去盡，轉入現代，暗指苛政。因苛政而「藝不得極」的痛楚——即藝事不得施展、不能達於極致——全然基於現代人的價值觀，其感觸迥異於古人；一位詩人不但「藝不得極」，還因「生事靡盬」而不得不「為謀稻粱」，相較古人不得事親的痛感，尤為深沉。

我們注意最後兩句。「亘太平洋／在天一方」。全詩至此，立意為之大變，境界全出——原詩因「鴇」不能穩棲於「梓桑」而為之三嘆的「悠悠蒼天」，在〈肅肅〉中被棄除，易為現代詞語「太平洋」，適切而坦然。「亘」，謂事物之綿長，由此端究竟彼端，一說指月升當空，人處兩地（〈小雅・天保〉：「如月之亘，如日之升」），因「太平洋」句嵌人古語終嫌突兀，置一「亘」字，既葆全四言，字面、字意、音節、意境，旋即相諧——〈肅肅〉因這最後兩句，豁然呈示詩人不惜遠隔家國的理由和氣度。梁啟超〈太平洋遇雨〉曰：「一雨縱橫亘二洲，浪淘天地入東流。却餘人物淘難盡，又挾風雷作遠遊。」

統觀〈肅肅〉全詩，共為三節：前六句一節，無韻；後兩句為第三節，中間六句為二節，兩句為斷，與商籟體節奏共鳴；

二三兩節同押ㄤ韻，流利連貫。全詩計十四行，五十六字，其中三十五字為〈鴇羽〉原字數，新置二十一字，成為一首新的「古」詩。

讀《詩經演》三百首，同樣的例，密不可察，隨處皆是。

《詩經演》三百首而一律十四行，除「偶合」商籟體外，曹公十四句似亦可視為其端緒：沈德潛曰「借古樂府寫時事，始於曹公」。事指建安十二年曹操北征烏桓歸途中，以古樂府舊題作四言古風：〈觀滄海〉、〈龜雖壽〉、〈冬十月〉與〈土不同〉，每首均十四句。倘若留意詩人另一部詩集《偽所羅門書》，每首二十七行，對應《詩經演》十四行，兩相並置，正與詩人的生年與生日暗合。

商籟體，源出普羅旺斯語 Sonet，世稱十四行詩，中世紀民間短小詩歌，伴以奏樂。意大利詩人雅科波•達•連蒂尼是第一位使之格律謹嚴的詩人。文藝復興期，彼特拉克寫就十四行詩三百首，故意大利十四行詩又稱彼特拉克體。法國詩人馬羅將之移入本土，其後有拉貝、龍薩、杜倍雷等人作十四行詩。十六世紀初，薩里、華埃特介紹商籟體至英國，為莎士比亞所善用，故莎翁的十四行詩又稱伊麗莎白體。德國詩人奧皮茨於十七世紀初率先書寫十四行詩，此後歌德與浪漫派詩人的商籟體詩，皆有新創。一九二四年，詩人馮至出版《十四行集》，明證商籟體於二十世紀入傳中國。

現在，《詩經演》三百首十四行，使中國詩與歐陸詩全般無涉的格式，婉然合一。熟悉木心先生的讀者，自會從《西班牙三棵樹》、《我紛紛的情欲》、《巴瓏》、《偽所羅門書》等詩集中感知作者長期秉承的「世界性」與「現代性」觀念，而文藝復興與春秋時代，原是木心先生神往的兩個源頭。倘若將《詩經演》戲稱為「古漢語的商籟體」，則我們可以說，出於駕馭語言的才華和雄心，《詩經演》相較作者大量自由詩白話詩，尤其獨異，也走得更遠。

賞鑑《詩經演》，懂得詞義是第一步，這一步之難，非僅通曉古漢語而能承當。《詩經》的歷代注釋，歧義繁多，意旨交疊，《詩經演》依據哪些注釋？是否必要注釋？先已兩難。

詞有虛實。辨實詞，古稱「明訓詁」；解虛詞，則曰「審辭氣」。古字詞來源廣深，義項駁雜，讀解《詩經演》，語言根底自是一重難關，更期待於詩學、詩意、詩史、詩論的多重涵養。

而《詩經演》的注釋過程，幾乎形同「解釋學」的再解釋，其難度，不僅在學術，更是對智力的挑釁。《毛傳》、《鄭箋》、

《詩集傳》、《毛詩傳箋通釋》等歷代注釋，固然有助於《詩經演》詞義的破解，新造字詞的化變之處補入相應詩文互為映證，也不失為有效參照。然而，獨如攬詞章之蘭舟而無以登岸，通古語之精要而失所依傍，傳統注釋不斷受阻，甚或迷失於《詩經演》設置的語言陷阱，不得其解——運用全套《詩經》古語寫詩，當代唯木心先生，因此這份注釋工作也成為無例可循的個案。

新詩三百首與舊經三百篇，通體同質同構，詞句相與吞吐，被作者精心編織為同一文本。在閱讀之際，但凡察覺其中一字一詞的剔除、變易、置換、銜接，即要求讀者隨時跳離傳統注釋，據以新詩的上下句，自行領會。由此可鑑：作者隨機嵌入而意涵深藏的古語新用——確切地說，是種種新意的古語化——乃是《詩經》的借用、反用、大用，其命意所在、旨趣所及，並非與《詩經》對接，而是《詩經》的蟬蛻與間離。鄭衛之風，淫奔之語，聖人不易，方呈今日之睹。婉孌之情，肢體之舞，詩家落筆，乃成舊時之憶。今之讀者既須參酌、又順揚棄《詩經》既有的種種讀解，易注為釋，以釋入注，始得窺知《詩經演》的斑斑用心。要之，「我注六經」而非「六經注我」，才是破解《詩經演》謎面的前提。

《詩經演》的注釋，牽延經年，後期始得恍然：《詩經演》的「演」，便是對《詩經》逐字逐句的「注釋」——古老的《詩經》，也竟因之轉成歷歷注釋《詩經演》的學術文本——詩人依據而改篡的分明是同一句詩，換言之，他所改篡者，正是他的依據，這種不著痕跡的自反自證，豈非注釋的「注釋」？既啟示語言，亦是語言的啟示。時代與語言的遞變，創作和學術的分殊，均告彌合，以至消融。作者工致而機巧的文字遊戲，假語言學路徑，刷新詩學，以經典的重構，而寄託對於經典的高貴敬意。《詩經》經此演化，相形陌生，《詩經演》的字面則彷彿熟悉的經典：原來新詩可以如此之古，而古詩居然如此之新。

每一漢字，原是一部文化史。可能沒有一種文字像漢語這樣，蘊涵如此精審而淵深的書寫經驗。德里達曾接引維爾曼《大學詞典前言》一段話：「在永恆的東方，一種達到其完美狀態的語言，會根據符合人類天性的變化之道，從內部自行發生解構和變化。」——《詩經演》的百般化變，即在出乎語言的「內部」，泛濫而知停蓄，慎嚴而能放膽，擒縱取剔，精翫字詞，神乎其技，而竟無傷，儼然一場縱意迷失於漢字字義、字型、字音的紛繁演義，也是一部賞玩修辭與修辭之美的詩章。以近乎文字考古學的能量，《詩經演》為現代漢語實施了一場尚待深究的實驗，也因此明證詩的語言何以不朽。現在，一部久經注釋的《詩經》，在木心先生這裡成為可注而不可釋、可讀而不可解的《詩經演》——本人相信，這份勉力而為的注釋工作，僅僅是解析《詩經演》的起始。

於北京西山

二〇〇八年五月初稿

二〇〇九年二月二稿

木心作品集
詩經演

作　　者　木　心
總 編 輯　初安民
責任編輯　何宇洋　施淑清
美術編輯　黃昶憲　林麗華
校　　對　何宇洋　孫家琦

發 行 人　張書銘
出　　版　INK 印刻文學生活雜誌出版股份有限公司
新北市中和區建一路249號8樓
電話：02-22281626
傳真：02-22281598
e-mail：ink.book@msa.hinet.net
網　　址　舒讀網http：//www.sudu.cc

法律顧問　巨鼎博達法律事務所
施竣中律師
總 代 理　成陽出版股份有限公司
電　　話　03-3589000（代表號）
傳　　真　03-3556521
郵政劃撥　19000691 印刻文學生活雜誌出版股份有限公司
印　　刷　海王印刷事業股份有限公司

港澳總經銷　泛華發行代理有限公司
地　　址　香港新界將軍澳工業邨駿昌街7號2樓
電　　話　(852) 2798 2220
傳　　真　(852) 2796 5471
網　　址　www.gccd.com.hk

出版日期　2012年10月　初版
2018年 9月25日　初版二刷
定　　價　620元
ISBN　978-986-5933-17-3

國家圖書館出版品預行編目資料

詩經演／木心 著；
--初版, --新北市中和區：INK印刻文學,
2012. 10　面；　公分.
ISBN　978-986-5933-17-3（平裝）
851.486　　101010556